Le retour de Jim Lamar

Lionel Salaün

Le retour de Jim Lamar

Liana Levi

ISBN : 978-2-86746-550-5

Retrouvez l'intégralité de notre catalogue
et inscrivez-vous à la newsletter sur le site
www.lianalevi.fr

« Comme cette guerre est âpre et dévastatrice. Elle nous a volé le printemps de nos jours, à nous, pauvres oisillons, qui ne connaissions rien en dehors de nos livres d'école. Je ne m'attendais pas à être si malheureux. Si je te revois un jour, je te raconterai tout en détail. Sinon, apaise ton chagrin, je t'en prie, et ne me pleure pas ! »

Lettre trouvée sur un jeune soldat vietnamien, Maï Van Hung, tué près de Pleiku, fin 65

1

Je ne sais pas ce qu'il en est aujourd'hui, mais à Stanford, à l'époque, on n'aimait pas bien les étrangers. Quand je dis étrangers, je ne veux pas parler des habitants de pays autres que les États-Unis, comme le Canada ou le Mexique, et moins encore de ceux de la vieille et lointaine Europe que bon nombre de gens d'ici auraient été bien en peine de situer sur une carte. D'ailleurs, il faut bien le reconnaître, quels Suisse, Allemand ou Français, sans même évoquer d'autres peuples dont nous ignorions jusqu'au nom, seraient venus traîner leurs bottes à Stanford ? Non, par étrangers, j'entends des types de l'autre rive du Mississippi, sans même aller jusqu'à l'Iowa ou l'Illinois, des gars d'un autre comté, des gens pas comme nous, des gens d'ailleurs, des étrangers, quoi !

Jim Lamar, lui, était né ici, et ses parents avant lui, et les leurs, et sûrement que ça devait remonter à loin, tout ça, peut-être à la fondation de la ville, bien loin. Jim Lamar était né ici, y avait grandi, y était allé à l'école, avait fréquenté l'église baptiste comme tous les gamins de Stanford, avait fait tout pareil que les autres enfants de son âge, de son temps.

Comme eux il avait chassé les grenouilles dans les marais, comme eux il avait péché le black-bass et le blue catfish dans le Mississippi, comme eux il avait couru les filles et, comme une poignée d'entre eux, il avait été enrôlé en 68, à vingt ans, dans les forces de l'Oncle Sam pour aller combattre les diables rouges dans un coin du monde dont il ne soupçonnait pas même l'existence quelques mois plus tôt. Comme les autres, il y était parti, y avait fait son devoir. Au terme de leur engagement, les autres, du moins ceux qui avaient survécu, étaient rentrés au pays.

Pas Jim.

Des mois durant, ses parents avaient guetté un signe, une lettre annonçant son retour. Le dernier gars d'ici à l'avoir rencontré était Buck Wayland. Cela remontait à juillet 1968, quelque part au nord de Saigon, dans une plantation de caoutchouc où la division d'infanterie de Buck et le régiment de Marines de Jim s'étaient retrouvés par hasard au coude à coude dans cette antichambre de l'enfer.

Si les deux copains d'enfance n'avaient fait que se croiser, le temps de se tomber dans les bras l'un de l'autre et d'échanger quelques mots, Buck gardait de ces retrouvailles le curieux sentiment d'avoir eu affaire à quelqu'un qui, tout en lui ressemblant trait pour trait, n'était plus tout à fait celui qu'il avait connu. Fini les blagues à deux dollars dont il était si friand. Terminé les coups de gueule destinés à terroriser les copains pour s'achever dans un retentissant éclat de rire. L'immense, le colossal Jimmy semblait bien avoir perdu le sens de l'humour. Et s'il s'était efforcé de sourire, cela tenait plus de la grimace que de l'expression d'un authentique contentement.

Sûr que les circonstances ne prêtaient pas vraiment à la rigolade. Avec ce qu'ils venaient de vivre depuis le début de cette nouvelle opération de nettoyage, quatre jours plus tôt, il y avait plutôt de quoi chialer ou vomir, ou les deux à la fois, que se fendre la gueule en se racontant la dernière de Charly.

Mais quand même, ce n'était pas tous les jours que deux vieux copains de Stanford venaient à se croiser dans un coin perdu du fin fond de l'Asie du Sud-Est. Vivants, de surcroît, après tant de mois de combat. Et en bon état. Pas de blessures, ni l'un ni l'autre. Pas une balle, pas un éclat d'obus, rien.

La rencontre avait duré une petite demi-heure, le temps pour leurs commandants d'échanger quelques informations. Puis chaque bataillon avait repris son chemin, l'un vers le sud, l'autre vers l'est.

En s'éloignant, Buck s'était époumoné, les larmes aux yeux :

« À la prochaine, Jimmy ! À Stanford ! »

Quand il avait raconté cette histoire aux parents de Jim à son retour, début 69, Buck n'avait pas précisé qu'il devait ces larmes à l'attitude de leur fils. À le voir s'engager comme ça, en queue de colonne, le regard vide, sans même lui adresser un signe, il avait eu l'impression de le voir pour la dernière fois. Un gars dans cet état, sur un front aussi chaud, ne fait pas de vieux os.

Ça, bien sûr, il ne l'avait pas dit aux Lamar. N'empêche que pour lui, dans cette plantation de caoutchouc ou ailleurs, son copain était mort, et la confidence, réservée à quelques-uns, avait vite fait de devenir une rumeur dont l'écho, naturellement, était parvenu aux oreilles des parents de l'intéressé.

Au début, ni l'un ni l'autre n'avaient voulu y croire. D'autant que le ministère de la Défense, sollicité à leur demande par le sénateur Grundy, venait de les informer de la démobilisation dûment certifiée du marine première classe Jim Lamar courant février 1969. Ainsi donc, leur fils avait survécu à la guerre. Quant à savoir pourquoi il ne s'était pas manifesté depuis son retour à la vie civile et pourquoi il n'avait pas jugé bon de donner de ses nouvelles au cours des deux dernières années, tout ça restait un mystère. Sans doute qu'il devait prendre du bon temps à Saigon, à Bangkok, ou dans un de ces pays de sauvages dont la radio avait parlé tous les jours pendant des mois, des endroits aux noms si barbares qu'ils les avaient depuis longtemps oubliés. Deux mois s'étaient écoulés depuis sa démobilisation. Qu'est-ce que c'était que deux mois dans la vie d'un homme?

À la Noël, retranchés depuis des semaines dans leur ferme du bout du monde, les Lamar ne parurent pas à l'église, ni ne célébrèrent la naissance du Christ d'aucune manière. Pas question pour eux d'aller rendre grâce à Celui qu'ils avaient supplié en vain de leur rendre leur fils unique.

Or, Dieu n'était pas le seul à faire la sourde oreille. À Stanford, tout le monde avait fini par se lasser des jérémiades du père Lamar, et le sénateur Grundy lui-même ne daignait plus répondre aux lettres hebdomadaires d'une mère exigeant la restitution de son enfant.

Le 30 juillet 1970, las de trop de chagrin et d'espoirs déçus, George Lamar avait décidé, en ce jour du vingt-quatrième anniversaire de la naissance de Jimmy que celui-ci, désormais, n'appartenait plus au monde des vivants.

Solennellement, sans larmes ni précipitation, il s'était mis en devoir de rassembler tout ce qui, dans la maison, évoquait de près ou de loin la mémoire du disparu. Au soir, vêtements, jouets, outils, meubles lui ayant appartenu, et jusqu'à la seule photographie de Jimmy, arrachée sans ménagement des doigts tremblants de son épouse, le tout soigneusement arrosé d'essence, partaient en fumée.

Après ça, la vie avait repris son cours. Le père Lamar réintégra la société, retrouva ses vieilles habitudes, les parties de pêche entre copains et les cuites du samedi soir dans la bicoque d'Eleazar qui tenait lieu de bar et de quincaillerie. Sauf qu'il buvait plus qu'avant. Bien davantage. Plus d'une fois, à force de chercher des noises à ses compagnons de beuveries, il s'était retrouvé sur le carreau, à cuver sa bière dans la boue, un jour le nez cassé, un autre deux dents.

Quand, en juin 1975, des chasseurs de ratons laveurs avaient découvert son corps dans les marais, noyé dans une flaque d'eau entre deux touffes d'ajoncs, à moins de trois cents mètres de chez lui, tout le monde en avait déduit qu'il s'était perdu en rentrant à la ferme et que, soûl comme il l'était ce soir-là, il avait suffi qu'il trébuche pour ne plus jamais se relever. Et après tout, pourquoi pas?

Restée seule, Edna Lamar, qui n'avait jamais cessé d'y croire, avait continué d'attendre le retour de son fils. Peut-être n'était-ce plus qu'une question de jours, de semaines, avant que Jimmy repointe son nez par la petite porte jaune en lâchant simplement: «Salut m'man!» Comme s'il était parti la veille. Oui, sûrement qu'elle y croyait encore fin novembre 1979, en s'éteignant doucement, suite à une pneumonie, doucement comme une vieille chandelle parvenue au bout de sa mèche.

Peu à peu, la ferme, maison et terres confondues, vaguement entretenue depuis le veuvage de la pauvre femme par Samuel Dixon qui en retirait un petit bénéfice, avait sombré dans une sorte d'abandon.

Que fallait-il en faire ?

La question avait occupé les esprits un bon moment. La laisser telle quelle ? En attribuer la jouissance à d'autres ? Oui, mais alors à qui ? Samuel Dixon, bien sûr, qui l'avait exploitée depuis la mort du père Lamar, s'estimait le mieux placé. Justement, lui rétorquaient les autres fermiers, il n'en avait que trop profité. À leur tour, maintenant. Et de proposer un roulement, ou un tirage au sort désignant l'heureux bénéficiaire, ou un tirage au sort la première année, puis un roulement les années suivantes. Certains préconisaient l'attribution pure et simple de la ferme à une famille du comté. Ou une vente publique. Ou l'appropriation des biens par la municipalité à laquelle il reviendrait de louer le tout, ensemble ou en morcelant les parcelles. Chacun avait son idée, un projet qu'il se faisait fort de soumettre à la communauté en considérant que c'était le meilleur.

Pourtant, rien ne justifiait une telle curée. Jusqu'à preuve du contraire, l'héritier, tout absent qu'il fût, n'en demeurait pas moins susceptible de revendiquer, quand bon lui semblerait, ce qui lui revenait de droit.

Au final, le conseil municipal avait décidé de ne justement rien décider durant une période de cinq années au terme de laquelle l'un des projets en lice serait voté et appliqué. En attendant, bon nombre de gens du coin, si ce n'est un peu tout le monde, se chargèrent de gérer, chacun à sa manière, le site en jachère.

Dès les premiers jours, et comment les en blâmer, de bonnes âmes charitables étaient venues arracher à leur sort tragique tout ce que poulaillers, clapiers, soues, pigeonniers et autres comptaient de pensionnaires. Discrètement, sans concertation aucune mais suivant une convention tacite, les uns et les autres s'étaient relayés dans les rayons déserts de ce supermarché à ciel ouvert, raflant jusqu'aux dernières raves, carottes, poireaux et tout ce qui peut pousser dans un jardin, sans dédaigner noix, pommes, patates et maïs entreposés dans la réserve.

Comme il va de soi qu'il aurait été stupide, et regrettable, de laisser gâcher bêtement les conserves préparées avec soin par Edna, certains, sinon les mêmes, n'écoutant que leur conscience, s'étaient enhardis à forcer la serrure de la maison pour ratisser les étagères chargées de bocaux de purées de tomates, de cornichons et, dans le même élan, toutes les denrées périssables amassées dans le réfrigérateur.

À ce stade, le bon sens primant, d'autres – les mêmes encore? – redoutant que la partie habitation, désormais accessible à tous, ne subisse le sort de la partie agricole d'où s'étaient volatilisés tout ce qui avait trait à l'exploitation proprement dite – outils, engrais, jusqu'au dernier bidon d'essence, sans oublier les engins agricoles, tracteurs compris –, jugèrent bon de ne pas abandonner à des mains avides ou indélicates les objets personnels de la famille. Couverts, vaisselle, linge de maison, les boutons de manchettes en métal argenté du père Lamar, la paire de boucles d'oreilles en cuivre ornées d'un petit rubis en forme de trèfle d'Edna dont on avait oublié de l'équiper pour son dernier voyage, furent ainsi subtilisés.

En moins de temps qu'il ne faut pour le dire, la ferme ne recelait plus entre ses murs que les meubles trop volumineux pour être transportés dans une brouette.

Qu'à cela ne tienne, une énième équipe de déménageurs, craignant certainement que quelque sauvageon vienne saccager un mobilier apte encore à rendre quelques menus services, s'était dévouée pour démonter et embarquer les dernières grosses pièces.

Désormais, plus rien, hormis l'imposant fourneau, ne rappelait que cette maison avait un jour été habitée. Puis, plus rien du tout, après que mon propre père et ses trois frères se furent chargés, non sans d'énormes efforts, de le subtiliser avant que d'autres ne s'en chargent.

Quand la maison, après plus de trois semaines de va-et-vient quotidiens, diurnes et nocturnes, eut enfin acquis le droit au silence et à la quiétude, les esprits, que certains prennent pour des animaux errants en quête d'un abri et de nourriture, commencèrent à rôder alentour.

Plusieurs gamins, parmi lesquels je me comptais, passant le chemin entre Stanford et le fleuve, avaient entendu à hauteur de la ferme d'étranges bruits. Un grincement de porte, la chute d'un bardeau disjoint, un claquement de fenêtre, le souffle du vent glissant sous un appentis, bref, tout ce qui peut révéler la présence de fantômes, démons, elfes ou lutins. Et fait naître dans le cœur vaillant d'une troupe d'enfants la volonté d'en découdre.

Les premiers assauts se soldèrent par quelques jets de pierres dérisoires, suivis d'une retraite précipitée. Rien à voir avec les opérations concertées auxquelles, durant les jours à venir, la petite armée allait se livrer chaque soir dès la sortie des classes. À dix ou vingt mètres de l'objectif, les projectiles, même lancés par des mômes de huit ans, manquent rarement leur cible. Aussi, chacun, armé de ses propres munitions – cailloux, billes de plomb, boulons, jusque, pour deux d'entre eux, le dernier jour de combat, d'une carabine 22 long rifle –, accomplit sa tâche avec tant de conviction que l'on put, lorsque les dernières vitres, une bonne moitié de la couverture en bardeaux et une partie de la cheminée eurent rendu l'âme, déclarer l'ennemi vaincu et la guerre achevée.

Ce qui subsistait de la ferme des Lamar pouvait à présent reposer en paix.

Ne restait plus, dès lors, qu'à patienter trois ou quatre dizaines de mois, le temps, pour un tas de bons et pieux paroissiens, de mitonner le projet qu'ils espéraient voir adopter par le conseil municipal à l'expiration du moratoire.

Mon père avait le sien. J'en ignore la teneur car il n'en a jamais pipé mot à personne, surtout pas à mes deux sœurs ni à moi, sans doute de crainte que, fascinés par son génie et dans le but d'épater nos camarades, nous ne dévoilions son plan, ni à ma mère à laquelle, lorsqu'il lui prenait de l'interroger sur ce qu'il envisageait de faire pour s'accaparer le bien des Lamar, il se contentait de répondre avec un petit sourire malicieux et un regard en dessous:

«Ja mon plan!»

Au printemps 1981, pourtant, la maison reparut subitement sur le devant de la scène.

Un matin de mai, Pete Dellwood et son beau-frère, Casper Goodman, de retour d'une chasse à l'opossum, constatèrent ce qui, dans le droit fil des maintes misères déjà endurées par la ferme, devait logiquement se produire: un, voire des inconnus, occupaient les lieux.

« Ils sont combien ? »

« À quoi ils ressemblent ? »

« Qu'est-ce qu'ils ont comme armes ? »

Et bien d'autres questions, crépitèrent aux oreilles des deux hommes comme autant de balles crachées par les bouches-canons de la population de Stanford au grand complet massée, moins d'une heure plus tard, sur la place de l'Indépendance.

« J'en sais rien ! » pleurnichait Casper.

« Je sais pas ! » s'agaçait Pete.

Et sûrement, cela aurait pu durer ainsi longtemps si le maire-pasteur, Dudley Clark, étant parvenu à imposer le silence de sa puissante voix de baryton, n'avait requis des deux témoins un compte rendu détaillé de leur découverte.

« Ben, un vieux pick-up crasseux vert épinard, immatriculé en Californie, est garé derrière la maison des Lamar ! » avait lâché Casper d'un trait, au terme d'une profonde inspiration.

« Ouais ! » avait confirmé Pete sous le regard appuyé de Dudley et de plus d'une centaine d'autres guettant en vain une suite.

À partir de là, les spéculations étaient allées bon train. Sur la quantité d'indésirables d'abord, dont le nombre, selon les intervenants, variait de un à trois, sans compter ceux qui auraient pu voyager sur la plate-forme du véhicule. Des Mexicains, alors ! Ou bien, une bande de voyous en cavale après avoir commis un sanglant forfait en Californie. Des voyous mexicains, dans ce cas ! Pas des Noirs, au moins. Pas assez fous pour venir se planquer dans un coin perdu du Missouri. À Kansas City, ou alors Saint Louis, peut-être, mais sûrement pas à Stanford.

Quand, après trois quarts d'heure de palabres, la majorité se fut rendue à l'avis du maire d'admettre une moyenne de trois individus, restait à définir leur degré de dangerosité. Compte tenu des données – trois Mexicains en cavale, retranchés dans une maison isolée après un sale coup en Californie –, on l'estima très vite très haut.

Si quelques-uns approuvèrent l'idée du vieux Ben Lawson de lancer toute la population mâle armée jusqu'aux dents à l'assaut de la ferme, et une petite poignée celle de Phillis, son épouse, de dynamiter purement et simplement le repaire des redoutables bandits, la majorité jugea préférable de solliciter d'abord l'intervention de la police du comté.

Chose dite, chose faite, et moins d'une heure plus tard le Chef Butler et ses deux auxiliaires débarquaient à Stanford, soulageant dans le même temps les amortisseurs de la vieille Chevy de service de leurs six cents livres.

« Des Mexicains ? » s'était exclamé Sid Butler en remontant la ceinture de son pantalon sous sa bedaine avant de souffler bruyamment par les narines. « M'ont jamais fait peur, ces gars-là ! »

Escortés, tels les Rois mages, par l'ensemble de la population jusqu'à l'entrée de la propriété, les trois hommes, le chef devant, un auxiliaire sur chaque aile, avaient poursuivi seuls, d'un pas sûr et la tête haute, leur progression sur le chemin de terre envahi d'herbes folles. À vingt mètres de la bâtisse, les deux adjoints avaient pris position chacun d'un côté du chemin, la main, droite pour l'un, gauche pour l'autre, ostensiblement portée à leur arme, tandis que le Chef Butler gagnait avec la même fière assurance le seuil abrité de la ferme.

De leur arrivée à Stanford à cet instant précis où, le poing levé, le shérif s'apprêtait à frapper à la petite porte couverte d'une peinture jaune écaillée, j'avais été persuadé que rien ni personne n'était en mesure de résister et moins encore de s'imposer à ces trois piliers, aussi larges que hauts, de la Loi. Or, soudain, la peur m'envahit. La peur terrible d'assister là, dans le quart de seconde à venir, au déclenchement d'un tonnerre de feu.

La respiration coupée, semblable à la femme de Loth transformée en statue de sel, je n'existais plus que par le regard. Deux pupilles rivées au poing du Chef Butler dont le mouvement, décomposé à l'extrême, allait, en s'abattant sur le panneau de bois, provoquer l'Apocalypse.

Trois coups. Il avait frappé trois coups, puissants, brefs et rapprochés, et rien ne s'était produit. Sûrement que ça n'allait pas tarder. Sûrement que les gars, là-dedans, avaient été surpris et que, ayant ramassé leurs armes, ils prenaient position avant d'ouvrir le ball-trap.

Les yeux fermés, je songeais que si le Chef Butler avait la bonne idée de ne pas insister, de s'écarter de la porte et de nous rejoindre en compagnie de ses deux adjoints, le pire pouvait encore être évité. Dans le fond, le plan de la vieille Phillis de tout faire péter à la dynamite était sans doute le meilleur. Pourvu seulement que le Chef Butler...

Trois nouveaux coups, plus puissants, retentirent là-bas, d'où allait jaillir la foudre. Bientôt, certainement très bientôt.

En attendant, j'entrouvris légèrement les paupières pour apercevoir le shérif qui, les mains sur les hanches, tournait vers nous sa large face virant au rouge sous les bords évasés de son chapeau plat. Rien. Toujours rien.

Et puis, dans le silence immense, un bruit, que tous ici, à commencer par les auxiliaires de police qui, subitement, avaient extrait leur revolver de leur étui, reconnurent comme celui de l'armement d'un chien de fusil, se fit entendre. Tandis que certains, cédant à la panique, s'égaillaient pour s'abriter derrière tout ce qui semblait assez large pour les protéger de la pluie de balles redoutée, le Chef Butler s'appliquait, sans quitter la porte des yeux, à nous apaiser d'un geste de la main.

Fasciné, je m'évertuais à fixer cette image dans un repli de ma mémoire afin de conserver de cet homme un souvenir à la hauteur de sa réputation. Opération réussie, si bien même que cette scène s'impose à présent à mon esprit, alors que je cherche à me représenter celle qui s'ensuivit. Perdue.

Lorsque mon film reprend, le Chef Butler est toujours à la même place, toujours sur ses deux pieds, mais plus tout seul. Aucun coup de feu n'a été tiré durant l'interruption et, à la réflexion, ce que tous ont pris pour l'armement d'un chien de fusil n'était jamais que le bruit du système d'ouverture de la porte.

Si nul autre que lui n'était pourtant visible, le bonhomme, après avoir touché le bord de son chapeau, s'adressait bel et bien à quelqu'un, quelqu'un situé à l'intérieur de la maison, quelqu'un, à en juger par l'apparente quiétude du représentant de la Loi, ne manifestant aucune agressivité, quelqu'un, enfin, dont, après cinq minutes d'entretien courtois, le Chef Butler contrôlait, sans cesser de hocher la tête, les papiers d'identité.

Là-dessus, le shérif avait une nouvelle fois touché le bord de son chapeau et, tandis que la porte se refermait derrière lui, avait repris le chemin envahi d'herbes folles, récupérant au passage ses auxiliaires apaisés. Les derniers à s'être planqués abandonnaient leur abri quand les trois policiers parvinrent à notre hauteur.

« Bon ! Vos Mexicains, là », avait dit Sid Butler en se plantant au milieu du chemin, les jambes écartées, la tête inclinée sur le côté, « ne sont qu'un, et il est pas mexicain !

– Et après ? Ça sert à quoi que vous êtes venu si c'est pour le laisser là-d'dans ? avait gueulé le vieux Ben Lawson tout juste sorti de derrière un gros arbre.

– À faire respecter la Loi ! En commençant par éviter qu'une bande de justiciers du dimanche ne le fasse à ma place ! »

Coupant court au grondement qui montait de la foule, Dudley Clark avait tenu à rappeler à ses administrés qu'il était le premier d'entre eux, et aux policiers du comté qu'il avait son mot à dire.

« D'accord, Sid, vous avez fait votre boulot, mais nous, maintenant, qu'est-ce qu'on fait de ce gars ?

– Vous lui foutez la paix et vous retournez à vos occupations ! »

Le tonnerre de protestations qui éclata à ces mots, souligné par le silence d'une bonne moitié de la population consternée, avait engendré un malaise que le maire, une fois encore, s'était efforcé de dissiper.

« Mais enfin, Sid, je ne comprends pas... Pourquoi ?

– Parce que ce gars-là, il est chez lui ! »

2

Mary-Jane Ferguson, recluse dans son mobil-home depuis le stupide accident de chasse qui avait coûté la vie à Leroy, son mari, venait de donner naissance à deux gros bébés, Emma-Rose et Leroy Junior. Selon le docteur Bates, qui l'avait assistée, la jeune maman de vingt-six ans et ses jumeaux se portaient à merveille. D'ailleurs, chacun pourrait en juger d'ici quelques jours, quand Mary-Jane, requinquée et réconciliée avec la vie par ce double heureux événement, arpenterait la poignée de rues de notre petite ville en compagnie de ses poupons.

Le surlendemain, un bateau transportant du bois de charpente avait pris feu avant d'exploser au beau milieu du Mississippi, à une quinzaine de miles de Stanford. Trois hommes d'équipage y avaient laissé leur peau et deux autres, dont le capitaine, grièvement brûlés, une partie de la leur. Sûr que le bilan était lourd, mais on peine à imaginer le poids qui aurait été le sien si le drame s'était produit quelques heures plus tard, dans le port de Quincy où il devait décharger sa marchandise.

Dans le même temps, loin, très loin de chez nous, la menace communiste, à en croire les journaux télévisés, reprenait de la vigueur avec l'arrivée au pouvoir en France d'un allié de Moscou. Désormais, l'ultime frontière entre nous et notre ennemi mortel se résumait à l'océan Atlantique. Bon, pour ça, ici à Stanford, on ne s'en faisait pas beaucoup. L'Amérique en avait vu d'autres, et puis, grâce à Dieu, le pays s'était doté, avec Ronald Reagan, d'un président à la hauteur de ce genre de défis. Du coup, personne ne s'en souciait vraiment.

Pas plus que de l'accident du bateau, survenu en aval, donc sans conséquence pour nos rives épargnées par le pétrole libéré de ses cuves éventrées.

Pour dire vrai, l'information la plus susceptible de délier les langues et de semer le trouble dans notre communauté aurait sans doute dû être celle de la maternité de Mary-Jane Ferguson, survenue presque un an jour pour jour après le décès de son mari. Pourtant, ni Marge Farber, ni Jenny Campbell, sœurs de sang nourries au même lait de vipère, auxquelles le docteur Bates avait fourni à dessein les détails de l'affaire, ne s'étaient senties d'y aller de leur perfide commentaire. Eh bien quoi ? La petite s'était fait engrosser trois mois, grosso modo, après la disparition de Leroy ? Et puis ? Veuvage et vœu de chasteté ne riment pas ensemble !

D'autant que Mary-Jane était tout sauf vilaine. Des formes pleines, de longues boucles dorées, de grands yeux bleus en amande et une bouche à vous faire fondre un esquimau sans même le sortir de son emballage. Leroy, c'est sûr, avait eu bien de la chance qu'elle le choisisse pour mari. Sûrement aussi que s'il avait dépensé la même énergie dans le lit conjugal qu'il en déployait dans les bois à traquer avec ses chiens tout ce qui y respirait, les mômes n'auraient pas attendu qu'il se prenne dans l'un de ses propres pièges pour pointer leurs frimousses dans le mobil-home. Enfin, voilà pour ce qu'en disaient Marge et Jenny.

Quant à savoir qui, à Stanford, avait eu la généreuse idée de réconforter la jeune veuve éplorée, franchement, il y avait mieux à faire et, surtout, bien plus grave à débattre. Le retour de Jim Lamar, par exemple.

Ça, c'était du sérieux, quelque chose qui concernait tout un chacun. Tellement sérieux qu'il n'était plus question que de ça, au point que les gens en oubliaient de se dire bonjour pour embrayer directement sur leur sujet de prédilection.

Mon père comme les autres.

L'ambiance, au moment des repas ! Mes sœurs et moi nous efforçant de manger le plus discrètement possible, sans faire crisser la lame du couteau sur le fond de l'assiette, sans en heurter les bords de notre fourchette, soucieux, comme des voleurs, de ne pas attirer l'attention du paternel, becquetant sans les mâcher les haricots rouges et les galettes de maïs dont ma mère s'évertuait à garnir la gamelle de son homme. Qui y toucherait à peine, comme la veille. Qui resterait planté sur sa chaise, les avant-bras bien à plat, de chaque côté de son assiette, à fixer de son regard morne quelque chose au beau milieu de la table, entre le pichet d'eau et la bouteille de ketchup, quelque chose qui ne s'y trouvait pas, quelque chose qui n'existait pas.

Et puis, ma mère, à sa gauche, qui ne mangeait pas davantage, qui ne cessait de scruter son profil d'aigle empaillé, ses yeux vides dans leurs orbites rondes enchâssées sous la barre dorée et saillante de ses sourcils broussailleux, ses lèvres si fines et si sèches qu'on avait l'impression qu'il manquait quelque chose entre la base du nez et la pointe du menton carré.

À tant le regarder on finissait par croire qu'il était fait de cire, comme un de ces bonshommes qu'un type de Saint Louis trimballait à travers le pays dans un camion réfrigéré et qu'on avait pu voir ici, à Stanford, deux ans plus tôt, pour trois dollars par personne. En rigolant, il nous avait affirmé que nous avions sous les yeux les corps momifiés des véritables Lincoln, Washington, Jefferson, Roosevelt et Kennedy. Chacun avait souri, sauf ma mère en voyant couler de grosses larmes des yeux caverneux du vieil Abraham. Le patron du barnum avait ri de plus belle en la voyant filer à grandes enjambées, avant de perdre son sens de l'humour en constatant que ses personnages, victimes d'une panne du système de réfrigération, se liquéfiaient à vue d'œil.

Peut-être que, ce soir-là, à voir son Mitch dans cet état, le souvenir des bonshommes de cire était venu lui mordiller la cervelle et qu'elle ne s'était pas sentie d'attendre la funeste fonte pour vérifier qu'il était toujours fait de chair et de sang.

« Qu'est-ce tu crois qu'y va faire ?

– J'veux pas entendre parler d'ça ! » avait gueulé mon père en abattant son poing énorme sur la table avec une telle violence qu'une bonne partie de ce qu'elles contenaient s'était retrouvée à côté des assiettes.

Puis la statue du Commandeur s'était fissurée, quelque part au niveau de la bouche, et une voix sombre, montée des profondeurs de son âme de pierre, avait fusé au ras de la table.

« Comment savoir c'qu'y va faire ? Y en a qui disent qu'y a personne qui peut vivre dans cette baraque qu'a tout juste des murs et la moitié d'un toit! Qu'y pensait peut-être que sa maison, elle était tout comme avant et qu'y pourrait revenir comme si de rien n'était, mais que maintenant qu'y a vu c'qu'en était, y restera pas bien longtemps! Y en a qui disent que c'bougre-là en a vu d'autres pendant toutes ces années et qu'vivre là-d'dans jusqu'à la fin d'ses jours ça l'empêch'ra pas d'pisser droit! Qu'est-ce qu'y z'en savent, j'te d'mande, puisque depuis deux jours qu'y est là, y a encore personne qu'a entendu l'son d'sa voix ou qu'a même vu sa figure! »

Pour mon père, dont la conversation se limitait la plupart du temps à une ou deux phrases, le plus souvent inachevées, l'exercice auquel il venait de se livrer tenait de la tirade shakespearienne. Ma mère, mes sœurs et moi, pareillement stupéfaits par l'exploit, restions suspendus à ses lèvres de nouveau scellées au plomb. Mais, à le voir s'essuyer la bouche du plat de sa large main tandis que son regard retombait sur la table, il semblait évident que plus rien n'en sortirait.

Ce qu'il avait voulu résumer à sa manière, c'est que depuis la visite du Chef Butler, seuls deux hommes avaient tenté d'établir un contact avec Jim Lamar.

Dudley Clark, d'abord. Notre édile, assumant ses responsabilités, s'était pointé à la ferme, la mine enfarinée, pour, sous couvert de saluer le fils prodigue au nom de la communauté, sonder ses intentions. Mais en dépit d'une persévérance motivée par la présence d'une quinzaine de témoins scrupuleux groupés en lisière de propriété, la porte de l'intéressé lui était restée close. Dépité, mais nullement résigné, le maire avait décidé d'appeler à la rescousse le dernier gars de Stanford à avoir rencontré Jim et, accessoirement, l'un de ses amis d'enfance.

Buck Wayland ne s'était pas fait prier pour venir de Columbia où il tenait, depuis son mariage avec une fille de là-bas, une dizaine d'années plus tôt, une concession John Deere. L'occasion lui avait permis de retrouver les vieux potes, de prendre avec eux une cuite mémorable ainsi que la commande d'un tracteur et de deux motoculteurs, de visiter ses cousins d'Elvistown, bourg contigu du nôtre, enfin de consacrer quelques heures, sans doute fort nostalgiques, à Lucinda Belmont, une ex-petite amie récemment divorcée, à son domicile et dans la plus stricte intimité.

Pour le reste, à savoir la raison officielle de sa présence à Stanford, force tambourinage aux portes et fenêtres de la vieille ferme, appels vibrants additionnés de remémorations tour à tour émouvantes ou drolatiques, évocations larmoyantes de leurs épreuves similaires à défaut d'être communes, là-bas, de l'autre côté du Pacifique, rien, pas même le vieil air de leur enfance, *Proud Mary*, chuinté, trémolos dans la voix, contre la porte jaune, n'était venu à bout du silence de Jim Lamar. D'où la sombre conclusion, en forme d'interrogation, de mon père.

Pour ma part, bien que reconnaissant pour illégitime toute entreprise visant à contraindre ce type à ouvrir à l'un des nôtres, sinon ses bras, du moins sa porte, je m'étonnais secrètement que mon vieux, qui avait en gros le même âge que lui, et d'autres de sa génération rechignent à tenter leur chance auprès de leur ancien camarade.

Je m'en ouvrais dès le lendemain au seul membre de ma famille paternelle à terminer ses phrases et à ne pas les compter, le tout sans jamais vraiment se départir d'une moue que je prenais, en ce temps-là, pour un sourire.

Oncle Bob, comme douze heures par jour, six jours par semaine et cinquante-deux semaines par an, s'employait à remettre en état barques et canots issus de l'atelier de son beau-père, pour le dernier vingt ans plus tôt, et susceptibles de naviguer au moins autant, lorsque je lui confiai mon désappointement.

« Pourquoi y en a pas un pour aller lui faire du gringue en lui parlant du bon vieux temps? Parce qu'ils ont la trouille, gamin! Tout connement! » m'expliqua Oncle Bob entre deux coups de rabot sur le plat-bord d'une barque anciennement verte et rouge.

Planté, les mains dans les poches, sur le seuil du petit hangar à bateaux qui s'ouvrait sur un bras mort du Mississippi, bercé par le glissement cadencé de l'outil sur le bois, je m'abandonnais à la magie des lieux. De temps à autre, je glissais un œil sur la silhouette massive de mon oncle, la tête dans les épaules, tanguant d'avant en arrière comme un sprinter méditant un départ indéfiniment reporté.

Au bout d'un moment, auréolé de poussière, les pieds dans les copeaux et les reins en compote, Oncle Bob se redressa lentement pour s'appuyer d'une main au plat-bord qu'il caressait machinalement et chassa de l'autre un éclat de bois accroché à son sourcil. Enfin, après s'être mouché avec un bruit de trompette dans un morceau de chiffon qu'il gardait coincé dans le revers d'une de ses manches de chemise, il reprit le fil de la conversation.

« Ils ont la trouille, parce que ce gars-là, personne ne le connaît! Je sais ce que tu penses: *enfin, quoi, ce Jim Lamar, il est né ici, il a grandi ici, y en a qui sont allés à l'école avec lui, tous les gens de Stanford qui ont plus de vingt ans se souviennent forcément de lui!* Et moi, j'te réponds, d'accord, sûr que je me rappelle ce p'tit gars! Un sacré numéro, ce Jimmy, jamais le dernier pour faire des conneries, une tête brûlée, mais avec un cœur gros comme ça, bien appareillé avec sa carcasse de géant et sa voix à te décoiffer à vingt pas! Ouais, bien sûr, Jimmy, tu parles que je me souviens de lui! Mais c'est pas lui qu'est là, c'est pas lui!»

Je sursautai.

«Pourtant, le Chef Butler…

– Holà! Attends, attends!» s'exclama Oncle Bob en secouant la tête, ses grosses mains calleuses tendues vers moi. «Me fais pas dire c'que j'ai pas dit, petit! Même si j'ai pas vu sa trogne, il me viendrait pas une seconde à l'esprit de mettre en doute la parole de Sid. S'il dit qu'ce gars c'est Jim Lamar, c'est Jim Lamar! Non, quand j'dis que c'est pas lui, je veux plutôt dire que c'est plus lui, tu piges?»

Je n'avais pas besoin d'une glace en pied pour deviner à quoi je ressemblais à ce moment-là, le regard d'Oncle Bob constituant le miroir le plus fidèle qui soit.

«C'est ce qu'on appelle une nuance!» reprit-il en levant le menton, avec l'air important de celui qui sait.

Tandis qu'il effectuait les deux pas qui le séparaient de l'établi pour y caler son lourd postérieur, je mesurais pleinement ce que recouvrait le terme aîné, regrettant amèrement de n'être le fils que du benjamin de la grosse nichée des Brentwood.

«T'as quel âge, Bill? Quatorze, quinze ans?

– Treize!

– Treize? Est-ce que tu te rends compte, mon gars, de tout ce que tu as fait au cours des treize dernières années, du jour de ta naissance jusqu'à aujourd'hui? Est-ce que tu te rends compte de ce que ça représente, treize ans, dans la vie d'un homme?»

Non, je ne me rendais pas vraiment compte. En y réfléchissant, il semblait évident qu'il s'était passé un tas de choses durant ces treize années. Mais qui pouvait se résumer à trois fois rien, quelques tours de vélo dans la ville, pas mal d'heures passées devant la télé, une flopée d'âneries avec les gars de mon âge dans les rues, les bois, sur le fleuve, plus, et croyez bien que je le déplorais alors, tout le temps passé sur les bancs de l'école de Stanford, puis du collège de Bunsbury. En définitive et au vu de ce maigre butin, décidément non, je ne me rendais pas vraiment compte de ce que pouvaient représenter treize années dans la vie d'un homme.

Oncle Bob, qui n'avait cessé de hocher la tête depuis qu'il s'était tu, soupesait d'entre ses paupières plissées le poids de ma réflexion. Je m'efforçai donc d'adopter une attitude aussi grave que la sienne.

« Ouais, c'est énorme !

– Comme tu dis, mon gars, comme tu dis ! » renchérit Oncle Bob, faisant de moi, par ces simples mots soulignés d'un regard, un égal, un homme de sa trempe, capable d'avoir intégré dans un rapide calcul mental le nombre de barques qui lui étaient passées entre les mains au cours de toutes ces années et, surtout, par combien les avait multipliées la disparition de sa femme et de sa fille unique survenue bien avant que je ne voie le jour, dans l'incendie de leur maison. « Ouais ! » lâcha-t-il en soulevant pour mieux la recaler sur son crâne lisse sa vieille casquette Budweiser avant de retrouver son sourire bizarre.

« Jim Lamar, ça fait justement treize ans qu'il a quitté Stanford ! Ce qu'il a fait pendant tout ce temps, personne n'en sait foutre rien. Sûrement qu'il a dû bourlinguer en essayant de gagner sa croûte comme tout un chacun et qu'il a pas dû se marrer tous les jours. Comment il s'est débrouillé? Où il était? Ça, il est le seul à pouvoir le dire et je suis pas sûr qu'il ait envie de le raconter! Par contre, ce que personne n'ignore, c'est où il est allé en partant d'ici! À cette époque, le gouvernement offrait un voyage tous frais payés à des milliers de jeunes Américains qu'étaient jamais sortis de chez eux. Jim, si on le lui avait demandé, aurait sûrement choisi Miami Beach, Honolulu ou un de ces coins de paradis qu'on voit à la télé. À moins, comme je le crois, qu'il ait dit: *merci bien, mais je préfère rester chez moi!* Sauf qu'on lui a rien demandé et qu'en guise de paradis, on l'a expédié en enfer! T'as déjà entendu parler du Vietnam, petit?»

Le Vietnam. La bonne blague. En mars 1973, lors du retrait des troupes américaines de ce *théâtre d'opérations militaires*, comme politiciens et journalistes aiment à qualifier les abattoirs à ciel ouvert que sont les champs de bataille, j'avais quatre ans et neuf mois. Pas tout à fait sept, le 30 avril 1975, quand nos derniers ressortissants décampaient, la queue entre les jambes, de Saigon qui, en même temps que la guerre, allait perdre son si joli nom. Ajouté à ça que, chez moi, personne n'en parlait jamais, comme de tout ce qui se passait de par le monde d'ailleurs, et l'on aura une bonne idée de ce que le mot Vietnam évoquait pour moi.

«Pas trop!» répondis-je avec un certain embarras.

Oncle Bob se contenta de hausser les sourcils.

«Bah, c'est peut-être pas plus mal!»

Puis, comme répondant au coup de sifflet d'un contremaître exigeant, il abandonna sans plus de cérémonie son siège de fortune, parut chercher autour de lui un outil soudain essentiel, avant de retourner à son poste de travail d'un pas lourd.

Depuis le seuil du hangar d'où je n'avais pas bougé d'un poil, je le regardais s'emparer du rabot, souffler machinalement sur la lame et reprendre sa position de sprinter. Alors, sans se retourner, Oncle Bob lâcha d'une voix étonnamment grave :

« Y a quand même une chose que tu dois savoir. Y a trois sortes de gars qui sont revenus de là-bas : les vivants, les morts et les morts vivants ! Et quelque chose me dit que Jim Lamar fait partie de la troisième catégorie… »

Déjà il s'était remis à la tâche et le frottement lancinant de son outil sur le plat-bord de la barque semblait me répéter inlassablement : *Démerde-toi avec ça ! Démerde-toi avec ça ! Démerde-toi…*

3

À ce que j'en sais aujourd'hui, Cousin Humph vit toujours à Stanford où il cumule mandats, honneurs, réussite professionnelle et vie de famille avec un égal bonheur. Sans trop présumer de ce qui, dans ce tableau idyllique, conditionne quoi, j'ai tendance à penser que la base sur laquelle repose tout l'édifice est probablement la formidable entreprise en laquelle le brave Humph a métamorphosé la petite quincaillerie familiale d'origine.

S'il paraît que son père, Oncle Carl, trône toujours au milieu des caisses à outils, clous, vis et autres babioles au détail, la minuscule boutique de jadis ne constitue plus désormais qu'un élément négligeable, pour ne pas dire décoratif, de l'ensemble commercial édifié tout autour. Bien sûr, la devanture poussiéreuse aux vitres opaques, les rayonnages en bois datant de la Guerre Civile, de même que les étals, le plancher grossier et l'ampoule jaunâtre pendouillant du plafond, ont sûrement disparu. Mais j'imagine fort bien Oncle Carl vissé derrière une caisse enregistreuse sous des rangées de néons, son bout de crayon sur l'oreille, serti dans un écrin d'aluminium, de plastique multicolore, de placards publicitaires vantant les mérites de la toute dernière visseuse-dévisseuse-clouteuse-agrafeuse sans fil, matant distraitement, au travers de la large vitrine, la belle enseigne lumineuse bleue, rouge et jaune, clignotant jour et nuit: *Brentwood & Son.*

En revanche, j'ai plus de mal à visualiser le petit empire que s'est constitué son fiston. Pas facile de se faire une idée précise de ce que peut représenter un complexe commercial à l'entrée de Stanford, regroupant supermarché, restaurant, salle de jeu, bar, cinéma et, bientôt, à en croire le site Internet qui lui est consacré, un petit parc d'attractions.

Humph, que j'ai quitté apprenti dans l'entreprise d'électricité de Don Taylor, est devenu le premier employeur du comté avec quarante-quatre salariés et se retrouve aujourd'hui maire, président de l'Union commerciale du comté de Wurms, président de la Fédération intercommunale de chasse à l'arc, président fondateur des *Red Rangoons,* la première équipe de football de Stanford, membre honoraire du conseil d'administration du collège de Bunsbury, pilier local du parti républicain – dont il ne paraît pas absurde de penser qu'il puisse être amené à défendre les couleurs à un tout autre échelon dans un futur proche – et, pour enrubanner le tout d'un joli bolduc rose, père de trois garçons à ce qu'on dit aussi blonds que leur maman, la très belle et très fière Patsy McKenzie.

Se souvient-elle, Patsy, du surnom dont elle avait affublé ce gamin au menton fuyant, doté d'un long nez et d'une mâchoire supérieure ornée de fortes incisives mordant sur la lèvre inférieure? Ce gosse aux cheveux roux en broussaille, aux vêtements grossiers, tachés, rapiécés de partout à force d'escapades prolongées à travers bois et marais?

Sûrement pas. Ni elle, ni personne d'autre à Stanford. Et pourtant, quelque chose me dit que Humph le Ragondin, lui, n'en a rien oublié ! Enfin, peut-être que je me fais des idées.

À treize ans, à l'époque donc, Cousin Humph passait autant de temps dans la forêt que moi au bord du fleuve. Si je pouvais m'enorgueillir, alors, de savoir identifier et localiser perches, truites black-bass et autres à un simple frisson de l'eau, à la quantité de bulles perçant la surface, si j'étais fier de savoir décrypter, en me fiant à la couleur du fleuve, à la vitesse des nuages, non seulement le temps à venir mais aussi le comportement des poissons et les méthodes adaptées à leur capture, Cousin Humph, dans son domaine, avait développé les mêmes aptitudes.

Nul mieux que lui, jusque dans les rangs des chasseurs patentés du comté, à l'exception notable du malheureux Leroy Ferguson auquel il devait son initiation, ne savait lire à livre ouvert cet admirable biotope. Plantes, champignons, mousses, arbres, animaux à plumes, à poils, à carapace, à écailles, du plus gros au plus infime invertébré, leurs mœurs, leurs atouts et leurs faiblesses, les associations des uns avec les autres et leurs interactions, n'avaient aucun secret pour Humph.

À plusieurs reprises, il avait tenté de m'entraîner dans l'une de ses parties de chasse, sans parvenir à faire céder une aversion viscérale pour le maniement des armes à feu. Naturellement, je pouvais fort bien l'accompagner sans porter ni utiliser de fusil, juste pour le plaisir de communier avec la nature en sa compagnie, mais la proximité du fleuve, le respect de son silence particulier, me faisait assimiler toute détonation à un viol pur et simple de ce milieu dans lequel j'entendais me fondre. Rien ne me mettait plus en rogne que l'écho, même lointain, d'une déflagration quand moi, tapi dans les cladions, ma ligne, le bruissement des roseaux en amont, le calme remuement des feuillages sous la brise et le fleuve ne faisions qu'un.

Chaque fois, je déclinais donc l'invitation de mon cousin dont la petite silhouette barrée en diagonale d'un fusil trop grand pour lui évoquait dans mon esprit quelque Davy Crockett miniature.

Et il en fut ainsi jusqu'à ce matin de mai où, équipé d'un arc et d'une dizaine de flèches de sa fabrication, Humph, m'ayant tiré du lit, parvint à me convaincre de l'accompagner.

Mal réveillé, vite rassasié d'un bol de lait et de deux beignets froids, je me faufilai à ses côtés dans la grisaille humide du jour encore hésitant sans piper mot, les mains enfouies dans les poches de ma veste de pêche, remâchant cette stupide conception de l'honneur qui implique de ne jamais se démettre d'un engagement et de mener à son terme toute action entamée. Sans cela, j'aurais planté Humph au beau milieu du chemin pour courir me refourrer dans mes draps que j'imaginais encore chauds. Au lieu de quoi, je l'écoutais d'une oreille distraite, plus maussade que le ciel, me débiter le récit de sa toute nouvelle passion pour la chasse à l'arc, dont il deviendrait très vite un adepte redoutable, puis, bien des années plus tard, comme on sait, président de la première fédération de la discipline dans le Missouri.

Résigné à subir cette épreuve jusqu'à ce que la partie de chasse débute et lui impose le silence, je ne m'avisais de sa question que quand il l'eut répétée deux fois.

« Hein ? » sursautai-je, comme au sortir d'un long rêve.

Le temps de relever les yeux des pierres humides du chemin dont la contemplation absurde occupait mes pensées, je me retrouvais à cinq pas de Humph qui, immobile, scrutait l'épais rideau de brume montée des marais.

« Qu'est-ce qu'il y a? m'inquiétai-je après l'avoir rejoint.

– Lui, là, tu crois vraiment qu'il est dingue? »

Lui, là, c'était une présence indistincte, indéfinie, tapie dans le nuage ouaté, comme la silhouette devinée d'un insecte au cœur d'une boule de coton.

« Oncle Bob dit que c'est un mort vivant! » soufflai-je en frissonnant.

La lèvre supérieure rétractée dans un rictus d'incrédulité sur ses incisives de rongeur, Cousin Humph roula vers moi ses gros yeux bleus. Je confirmai l'information d'un bref hochement de tête avant de reporter mon attention sur la ferme qui, tel un vaisseau fantôme ancré dans la brume, hantait nos esprits.

Dix jours après son retour au pays, personne n'avait encore vu Jim Lamar. On disait qu'il était malade, qu'il souffrait de fièvres. Certains avaient entendu, la nuit, des hurlements s'élever de la maison, des cris de rage ou de douleur. On disait qu'il était fou, qu'il se terrait, barricadé chez lui, redoutant je ne sais quel ennemi, que peut-être même il était déjà mort. On disait...

N'importe quoi puisque durant la semaine écoulée, sa camionnette avait effectué au moins trois allers-retours entre la ferme et une destination inconnue, d'où elle était revenue, à chaque fois, pleine à faire péter la bâche tendue sur son chargement.

Volontairement ou non, le gars avait le don de faire baver les curieux – c'est-à-dire tout le monde –, incapables de distinguer le contenu de son pick-up ni, surtout, de percer le mystère de ses vitres miroirs. D'où l'idée, qui en séduisait plus d'un, que Jim Lamar, certes dûment identifié par le Chef Butler, n'était pas rentré seul à Stanford, et que tandis qu'il sombrait, ou se mourait, ou était déjà mort, l'autre, un ami, un complice, s'installait tranquillement chez lui.

Oui, plus d'un y croyait, mais pas la majorité, tout de même assez raisonnable pour ne pas avaler ces couleuvres, et moi, moins encore, car je savais, pour l'avoir vu à la télévision, qu'il en fallait bien plus pour venir à bout d'un mort vivant.

Tandis qu'une bouffée de brume, se superposant aux autres, achevait d'engloutir la ferme, Humph, soucieux de se mettre à couvert dans *ses* bois, me balança un coup de coude dans les côtes.

« Allez, merde, faut s'tirer ! »

Alors, sans réfléchir, et principalement pour ne pas rester seul, je m'élançai sur les pas pressés de mon cousin.

Vers dix heures ne restait plus de la chape de brume du petit jour qu'une nappe mitée, par les trous de laquelle se faufilaient les rayons d'un soleil déjà brutal.

Nous progressions depuis plus de trois heures, en silence, Humph quelques pas devant, le plus souvent courbé, épiant le moindre bruit, guettant le moindre indice signalant la présence ou le passage d'un raton laveur ou d'un opossum dans les fourrés. Trois heures que je le suivais docilement à travers fougères, saules et sumacs, passant de la terre ferme à des étendues marécageuses où nous pataugions gaiement dans des trous d'eau parfois presque aussi hauts que nos cuissardes qu'il nous fallait arracher péniblement à la vase, bercés, tout le long, par le concert des grenouilles taureaux et des engoulevents.

De temps à autre, Cousin Humph stoppait pour m'indiquer avec un regard entendu des branchages, une racine, de vagues traces sur le sol meuble auxquels je feignais d'accorder un intérêt égal au sien, mais dont, en vérité, la signification m'échappait totalement. Pour être sincère, ces histoires de traque, de chasse et tout le tralala m'indifféraient au plus haut point. Sans doute même que si la magie des lieux n'avait pas exercé sur moi un attrait proche de la fascination, avec ses chants, ses bruissements, ses odeurs envoûtantes d'humus tiède, sa lumière enchanteresse, d'abord diffuse, jaune et grise, puis fragmentée, blanche et dorée au travers des cimes immobiles des grands arbres, sûrement qu'alors j'aurais depuis belle lurette rebroussé chemin.

Tandis que je m'interrogeais sur le sens de notre présence ici et notre droit à nous immiscer dans ce sanctuaire à seule fin de satisfaire un instinct somme toute barbare, un bruit, un craquement, je ne sais plus exactement quoi tant la surprise mêlée à la frayeur fut grande, quelque chose, en tout cas, signifiant la présence d'un animal autrement plus gros qu'un opossum, monta des taillis.

Humph et moi avions instinctivement tourné les yeux dans cette direction. Le bruit, bref, ne s'était pas reproduit, mais il était évident qu'il n'était pas le fait du hasard. Le souffle court, nous échangions des regards inquiets, cherchant, l'un en l'autre, la réponse à une question analogue. De quoi pouvait-il bien s'agir ? Une vache ? Non, le bétail ne s'aventurait pas aussi loin dans les marais ! Un cerf, alors ? Ou bien un sanglier ? Après tout, le gibier ne manquait pas par ici. Oui, sûrement un sanglier ou un cerf en balade.

Mais à peine étions-nous parvenus à la même conclusion qu'une autre pensée nous traversa aussitôt l'esprit. Un sanglier ou un cerf en balade, dans les bois, à moins de trente mètres de deux chasseurs éventuels, prendraient sans doute un peu plus de précautions.

Et si c'était autre chose, un genre de bestiole capable de se tenir sur deux pattes, avec des poils sur tout le corps, des dents longues comme des doigts et des griffes du même calibre ? La vois-tu, Humph, la chose qui avance maintenant à travers les feuillages sans plus se soucier du raffut qu'elle provoque ?

Nom de Dieu, Humph, vise-moi cette masse sombre, haute comme deux bonshommes, qui écrase tout sur son passage ! Je rêve pas, Humph, c'est…

« Putain, un ours ! » gueula mon cousin en détalant.

Je l'imitais sans demander mon reste, talonné par la bête dont je croyais sentir le souffle chaud et puant sur ma nuque.

Cinq mètres, dix mètres, quinze. Parti sur ses pas, je voyais l'écart entre Humph et moi se creuser. Il semblait voler au ras du sol farci de pièges, enjamber trous d'eau, racines, branchages et pierres avec la même aisance qu'un sprinteur.

Mais bon Dieu, qu'avaient-elles de plus que les miennes, ses cuissardes ? Vingt mètres, trente mètres… J'avais l'impression de courir avec les jambes de quelqu'un d'autre, trop grandes, trop lourdes, des jambes avec lesquelles je trébuchais, glissais sur tout ce qui se trouvait sur mon chemin.

Et Humph devant, qui, sans un regard pour moi, balançait arc, flèches et besace pour courir toujours plus vite.

Et la bête derrière, que je devinais toute proche maintenant, écumant, excitée par cette proie qui ne pouvait plus lui échapper.

Les yeux noyés de larmes, ne percevant du monde que mon souffle, les battements furieux de mon cœur et le vacarme de mes pattes de caoutchouc, je songeais à l'instant où les griffes du monstre allaient se refermer sur moi, où sa gueule béante happerait mon crâne pour le broyer. Sûrement que ça ferait comme quand on mord dans une prune, ça résisterait un peu, pas beaucoup, et puis, tchac, le jus giclerait de partout.

Mon cousin avait disparu pour de bon. Entre les arbres, je distinguais maintenant une grande flaque de lumière. Le lac Noir. Si je courais assez vite – mon Dieu, faites que j'en aie la force –, je parviendrais à l'atteindre et alors, avec un peu de chance, en nageant, moi qui nageais si bien, je réussirais à sauver ma peau.

Puis mon pied gauche plongea dans un trou d'eau, ripa sur quelque chose de dur. Un claquement sec se produisit en même temps que ma cheville se tordait bizarrement. Emporté par mon élan, j'effectuai une autre foulée pour stopper pour de bon à l'instant où mon pied touchait à nouveau le sol. Un quart de seconde, la douleur l'emporta sur la peur. Puis la peur revint. Balayée aussitôt par un froid immense, tout blanc. Des gouttes de sueur glacée ruisselaient de mon front jusqu'à mon cou, ma poitrine. J'avais envie de vomir. Soudain sans force, flageolant, je cherchai un appui, n'importe quoi, avant de m'affaler dans la vase, aussi mou qu'un lapin mort.

À deux mètres du sol, la tête de travers, ballotté comme un paquet de linge sale, plus rien du monde qui vous entoure ne semble à sa place. Surtout quand vos yeux tardent à se remettre en face des trous prévus à cet effet et qu'un marteau tape comme un fou sur l'enclume de vos tempes. Pour peu que vous ayez fermé les paupières sur une image de sous-bois marécageux et que vous les rouvriez sur un paysage bien dégagé, une clairière, la confusion vire au délire. Puis au cauchemar quand, dans un balbutiement de conscience, vos souvenirs les plus récents déboulent de votre mémoire. L'ours, la fuite, Cousin Humph loin devant, ces putains de cuissardes, le lac, une douleur immense...

Et puis le néant !

La bête m'avait chopé en pleine course, assommé je n'osais comprendre comment, puis avait renoncé à me dévorer sur place, peut-être dans l'idée de me ramener à ses petits à qui elle laisserait le soin de me dépiauter. Là, on regagnait tranquillement sa tanière. Je tentai instinctivement de me libérer. Une fulgurante douleur à la cheville gauche m'arracha un cri.

« Bouge pas, fils ! »

La voix était douce. Ferme, mais douce. Comme celle du toubib, autoritaire et bienveillante, quand il m'avait recousu l'épaule droite sur vingt centimètres après que le cheval de mon père m'eut envoyé voltiger dans les barbelés, le jour de mes sept ans.

« Serre les dents et tout ira bien ! »

Oui, le même ton, mais le timbre était plus grave, un peu éraillé, comme si le type, puisque ce n'était pas un ours, avait un grillon coincé dans la gorge. Une voix qui, d'un coup d'un seul, avait anesthésié ma douleur et, dans le même temps, ranimé tous mes sens.

Ainsi donc, je me trouvais perché sur les épaules d'un bonhomme à la stature de géant, en crevette, les jambes pendantes sur un côté de sa poitrine, les bras de l'autre, le tout fermement maintenu par son bras droit, un type capable de balader mon mètre soixante-cinq et mes cinquante-six kilos comme un vulgaire sac à dos de randonnée et que rien, de la chaleur de son corps musculeux aux ondulations de ses cheveux clairs, de sa peau hâlée à l'intensité de son regard vert, n'apparentait à l'image que je me faisais des morts vivants.

« Où on va ? soufflai-je sans parvenir à masquer l'angoisse qui me taraudait.

– On y est ! »

Je relevais les yeux. La vue de la ferme des Lamar, à moins de cinquante mètres, manqua me faire reperdre conscience.

4

Les murs, du sol au plafond, gardaient l'empreinte de tout ce qui, naguère encore, avait pu constituer le mobilier basique d'une cuisine. Là, entre la fenêtre et l'évier, ce haut rectangle zébré de noir rappelait la présence d'un réfrigérateur. Ici, entre la porte d'entrée et l'angle de la pièce, un énorme buffet emplissait presque tout l'espace. Au-dessus de l'évier et jusqu'à la seconde fenêtre, sur trois rangées d'étagères s'alignaient bocaux et boîtes en fer. Le petit carré, au milieu de la cloison, c'était la boîte à sel. L'autre, à côté, celle des allumettes. Et puis, le placard à épices, la patère à torchons, le calendrier perpétuel.

Malgré moi, mes yeux tombèrent sur le gros morceau de plancher, plus clair que le reste de la pièce, où, des décennies durant, avait trôné l'énorme fourneau de fonte et d'émail.

La dernière et unique fois où j'avais mis les pieds ici remontait à quelques mois à peine, le jour où mon père et mes oncles l'avaient embarqué. En moins de deux heures, les quatre frères Brentwood avaient démonté tout ce qui pouvait l'être, me laissant le soin de charrier dans la remorque stationnée devant la maison ce que je pouvais soulever : portes, tiroirs, plaques et autres cercles de fonte. Eux s'étaient coltinés le corps de chauffe, et le moins qu'on puisse dire, c'est qu'ils en avaient bavé.

L'opération, menée tambour battant, s'était déroulée dans la bonne humeur. La tâche était rude, mais l'acquisition d'un objet de cette qualité à si peu de frais donnait aux hommes du cœur à l'ouvrage. N'empêche, en dépit de l'assurance de ces gaillards, de leur enthousiasme, de leurs blagues et du vacarme ambiant, j'avais éprouvé le sentiment de participer à une violation de sépulture. Et j'avais eu beau me contraindre à rire, redoubler d'efforts et me tenir le plus près possible de mon père et de mes oncles, les fantômes des vieux Lamar n'avaient cessé de me frôler, de me jauger.

Je ne les sentais pas aujourd'hui. Peut-être n'étaient-ils plus là. Ou peut-être avaient-ils mieux à faire. Contempler, par exemple, de leurs grands yeux vides, celui dont l'absence leur avait crevé le cœur et l'âme, les avait tués bien avant qu'ils ne meurent.

Oui, sûrement qu'ils devaient se rassasier de leur fiston, jour et nuit depuis son retour, le suivre pas à pas, s'asseoir près de lui pendant ses repas, au bord de son lit quand il dormait, le veiller, le bercer de leur silence, le caresser dans un souffle d'air. Sûrement aussi que, de temps en temps, la pauvre Edna devait se tourner vers son mari pour lui souffler : *Tu vois !* Et quelque chose me dit que le vieux devait hocher la tête pour rétorquer tendrement : *Ouais, je vois !*

Est-ce qu'il les sentait, lui ? Et est-ce qu'il sentait mon regard agrippé à son dos tandis que, penché sur l'évier, il rinçait et essorait consciencieusement un bout de serviette-éponge raflée sur une cordelette tendue devant la fenêtre ?

« Bouge pas, je reviens ! »

Voilà les seuls mots qu'il avait prononcés depuis qu'on était entrés ici. Et moi, bien sûr, adossé au mur, les jambes bien à plat sur le petit lit où il m'avait délicatement posé en arrivant, je n'avais pas bougé d'un poil.

Pour tout dire, je n'avais même pas osé relever les yeux tant qu'il s'était tenu devant moi. Jusqu'à ce qu'il se redresse et gagne l'évier, tout ce que j'avais aperçu de lui se résumait à ses mains qui tentaient de m'installer au mieux, des mains puissantes aux doigts étonnamment préservés. Peur de croiser son regard. Non pas que je craigne qu'il soit celui d'un mort vivant, l'idée avait fait long feu, mais je redoutais d'y lire ce que la maison n'avait pas dû manquer de lui confier à mon sujet.

D'un coup d'œil rapide, je constatai que les vitres brisées, en partie par mes soins, avaient été remplacées. Comme j'avais déjà remarqué, en approchant de la ferme, la présence de bardeaux neufs en façade. Le moins qu'on puisse dire, c'est que le gars n'avait pas chômé depuis son retour. Aussi, il y avait fort à parier que le déploiement d'une telle activité ne cadrait pas avec l'idée de brièveté que pas mal de gens se faisaient du séjour de Jim Lamar sur ses terres.

Finalement, tout n'était pas négatif dans ma terrible aventure. Je tenais un scoop dont j'entendais, dans un premier temps, informer mon père avant de bénéficier, aux yeux de la population de Stanford, d'une aura de héros pour avoir pénétré les lignes ennemies et en être revenu sain et sauf.

En attendant, j'étais à sa merci, incapable d'échapper et bien plus encore de résister aux griffes de ce géant jusque-là, il est vrai, doux et charitable, mais sans doute capable, sous l'effet d'un coup de folie propre aux gens réchappés de l'enfer, de me dévisser la tête avec deux doigts.

« Bon ! Je t'explique ! » avait-il dit en se retournant.

Pris au dépourvu, j'avais vite baissé les yeux mais mon regard, dans sa fuite, avait ripé sur le sien. Du peu que j'en avais vu, il était du vert des bras morts du Mississippi, profond, dense, apaisant mais impénétrable, de ces eaux secrètes où cohabitent les promesses de pêches miraculeuses et les pièges mortels.

« Tu t'es luxé la cheville !

– Elle est cassée ? » m'affolai-je en relevant, malgré moi, les yeux vers lui.

Appuyé à l'évier, se grattant l'épaule d'une main, l'autre sur la hanche, Jim Lamar m'observait avec une tendresse que je n'avais encore jamais décelée chez un homme, pas même chez mon père, non pas qu'il soit incapable d'éprouver pareil sentiment – il m'était arrivé de le deviner dans un geste, une attitude –, mais parce qu'il s'interdisait d'en faire étalage.

« Pas cassée, luxée ! Une luxation, c'est quand la tête de l'os sort de son logement. Comme ça ! » ajouta-t-il en usant de ses mains pour illustrer son propos.

Quand, après avoir fait pivoter à deux ou trois reprises son poing droit dans le creux de sa paume gauche, il provoqua, d'un basculement sec, la désunion des deux, l'image était si parlante que je ne pus réprimer un frisson glacé.

« Ouais, c'est douloureux ! J'ai connu ça, à l'épaule ! Et ça fait au moins aussi mal quand on remet les morceaux en place ! »

L'idée de revivre l'épreuve endurée quelques instants plus tôt me terrorisait à un point tel que je manquai m'étouffer.

« T'inquiète pas ! J'ai profité que tu sois dans les vaps pour le faire ! » glissa-t-il en esquissant un sourire.

Je matai ma cheville, découvrant seulement l'absence de la cuissarde à ma jambe gauche.

« Vous êtes toubib ?

– Quand t'as fait ce genre de trucs une fois ou deux, pas besoin d'être toubib pour savoir comment ça marche ! »

Il avait parlé d'une voix lasse, avec cet accent traînant des acteurs hollywoodiens des années cinquante que j'identifierais plus tard comme étant celui de la Californie. Mais ce qui dominait là, c'était quelque chose comme de la tristesse, une usure de l'âme, à la manière d'une rayure sur un vieux vinyle.

« Bon ! » lâcha-t-il en ramassant son bout de serviette sur le bord de l'évier.

Impuissant et soumis, reconnaissant aussi, je dois l'avouer, je m'attachai à ses gestes tout le temps qu'il lui fallut pour poser son bandage de fortune autour de ma cheville, serrant les dents juste un peu plus fort quand la douleur menaçait de s'accroître.

Ma machoire trop longtemps crispée me faisait mal, mes cheveux empesés de sueur collaient à mon front et les larmes que j'avais refusé de verser me brûlaient les paupières, mais j'avais réussi à ne pas geindre, ni à me plaindre.

« T'as du cran, fils ! C'est bien ! » dit-il d'un ton égal en se redressant.

Il en faut peu quand on est gamin, pas plus que ça en tout cas, pour vous mettre du baume au cœur.

Du courage, je savais bien que j'en possédais. J'avais toujours tout fait pour le prouver à la face du monde, à commencer par les garçons de mon âge, en relevant tous les défis idiots qu'on accomplit la peur au ventre, la bouche sèche et les fesses serrées avec à l'esprit le souci que rien de tout ça ne se voit.

Je n'exagère pas en affirmant qu'il m'était arrivé, à l'occasion, de frôler la mort. À chaque fois, je m'efforçais d'aller plus loin que les autres, plus haut, plus longtemps. Des années durant, j'ai pris des risques qui vaudraient au gosse que je surprendrais aujourd'hui à en faire autant un coup de pied au cul digne de figurer au Guiness Book. N'empêche que personne, à cette époque, n'osait se mesurer à moi, et ce que je lisais dans les yeux de mes copains, entre trouille et admiration, ne signifiait qu'une chose, la seule qui m'importait, à savoir que de tous c'était moi le plus courageux. Oui, ça je le savais.

Mais que ce type-là, qui, à en juger par les sous-entendus d'Oncle Bob, avait un passé pour le moins chargé, me dise que j'avais du cran et m'en félicite, c'était un peu comme si Elvis Presley avait balancé de sa voix d'or et dans un déhanchement – quand il le pouvait encore – à un rocker de kermesse: *Tu chantes drôlement bien, mon gars!* Enterrés les bravos des badauds ébahis, les cris hystériques des groupies boutonneuses, Dieu le Père en personne m'accueillait à sa table.

Du coup, ce n'était plus le même bonhomme que je regardais s'éloigner vers le fond de la pièce. Non, il n'avait rien à voir avec un mort vivant celui qui ramassait son paquet de Lucky Stricke sur une caisse en bois retournée faisant office de table de chevet, ce n'était pas un ours qui esquissait le geste de m'en proposer une avant de se raviser, et certainement pas l'ennemi public numéro un de notre communauté qui s'allumait une cigarette à la flamme démesurée d'un vieux Zippo avant de recracher la fumée de sa première bouffée au ciel.

La donne avait changé. Les bons et les méchants n'avaient certes pas troqué leurs tuniques, mais une chose était certaine, celui-là n'appartenait plus à la seconde catégorie. Sans pour autant se compter parmi les premiers puisqu'ils ne l'admettaient pas dans leurs rangs. Ce qui faisait de lui un cas à part, unique peut-être. Rare, quoiqu'il en soit. Et voilà que ce gars, en deux mots tout bêtes, m'avait fait changer de dimension.

En même temps, je comprenais bien que je n'étais pas encore au bout du chemin qui mène au monde des adultes. Lui-même me l'avait fait sentir en renonçant à m'offrir une cigarette. Je le regrettais, tout en l'observant de mon mieux afin de reproduire, un jour, plus tard, sa façon de faire.

L'idée, pour dire les choses comme elles sont, ne m'était guère familière. De temps en temps, devant un film, à la télé, quand je voyais Bogart, la clope au bec, ou le père Eastwood, dans un western-spaghetti, avec son mégot de cigare entre les dents, l'envie me prenait de faire comme eux et, pour jouer les durs, je me trimballais le restant de la journée avec un morceau de bois à la bouche que je mâchouillais jusqu'à l'écœurement.

Chez les Brentwood, personne ne fumait. Ça coûtait trop cher, disait mon père. Quant au cigare, ça sentait drôlement mauvais, disait ma mère. Les exemples ne manquaient pourtant pas, à Stanford. Le maire, Dudley Clark, le vieux Ben Lawson, Casper Goodman et bien d'autres passaient leur temps à tirer une épaisse fumée grise de leur tabac de Virginie roulé dans du papier maïs ou, comme Samuel Dixon, gardaient en tout temps et à toute heure un vilain chicot de cigare verdâtre enfoncé dans la joue. Rien à voir avec Sinatra ou Dean Martin.

Jim Lamar, lui, c'était différent. Jamais je n'avais vu quelqu'un fumer de cette manière. Même pas au cinéma. Ça tenait un peu à sa manière d'allumer sa cigarette, mais surtout à sa façon de la tenir, vers l'intérieur de la main, à l'abri de la paume, les doigts repliés sur elle, maintenue par le pouce et l'index. Voilà comme fument les hommes, les durs, les vrais, pensais-je alors en le contemplant, fasciné.

« Qu'est-ce qui vous a pris, tout à l'heure, à ton copain et à toi, de détaler comme des lapins ? »

Il m'avait demandé ça sans colère ni reproche. Cueilli à froid, qu'est-ce que je pouvais répondre ? Lui dire que j'avais failli crever de peur, après le compliment qu'il venait de me faire, aurait effacé d'un coup la belle image que je pensais lui avoir inspirée. Inventer une histoire à la noix qui, de toute manière, n'aurait pas tenu la route et dont le seul effet aurait été d'ajouter du mensonge à la suspicion de couardise, franchement, non.

« J'en sais rien ! » conclus-je presque à voix basse.

Il se contenta d'acquiescer d'un hochement de tête, tira une nouvelle taffe, passa une main dans ses cheveux puis se tourna vers moi.

« Bon, je vais te raccompagner ! Tu habites où ? »

Je sursautai.

« Non, non m'sieur, c'est pas la peine ! Je peux très bien…

– Discute pas ! Avec ce que tu t'es fait, il vaut mieux que tu évites de t'appuyer sur ta cheville pendant deux trois jours. C'est pas grand-chose, une entorse, mais faut pas rigoler avec ! D'ailleurs, va voir le toubib pour qu'il te fasse un bandage dans les règles de l'art ! D'accord ?

Il se dégageait de cet homme une forme d'autorité que je ne connaissais pas, quelque chose de ferme et de doux, inébranlable et rassurant, comme un jugement contre lequel on ne se rebelle pas parce qu'il apparaît juste, et que celui qui le prononce vous inspire une confiance aveugle.

«J'habite sur Camp Road, près de Memorial Park.

– Ah ! Un Brentwood ! »

Je restais bouche bée, les yeux sans doute comme des ronds de serviette. Il esquissa un sourire.

L'une des plus anciennes maisons de Stanford, l'une des seules, avec celle de Slim Gardner, un fermier voisin, à dater des âges héroïques de la Frontière, se trouvait tout au bout de Camp Road, ainsi nommée en souvenir du camp nordiste établi là, auquel la route, autrefois un simple chemin de terre, conduisait.

En avril 1862, par un matin frileux, une troupe de francs-tireurs confédérés, profitant de ce que le camp adverse baigne dans l'épaisse brume montée du fleuve, avait déferlé dans ses rangs pour y livrer une bataille aussi brève que meurtrière. Près de cent cinquante hommes, presque exclusivement des yankees, allaient perdre la vie dans ce vaste champ de maïs baptisé depuis Memorial Park et où se dressait, jusqu'à il y a peu encore, une stèle dédiée à ce triste événement.

Je dis jusqu'à il y a peu, car, sur ce terrain, s'élève désormais le centre commercial, parking inclus, de Cousin Humph. Ce terrain appartient en effet aux Brentwood, tout comme la vieille ferme citée plus haut, des fenêtres de laquelle, à l'abri des lourds volets de bois pleins, les premiers du nom assistèrent vraisemblablement aux combats acharnés se déroulant sur leurs terres, et comme les cinq autres maisons de Camp Road, édifiées au fil des générations. En dépit de ma surprise, que Jim Lamar, natif de Stanford, établisse spontanément un lien entre ce lieu et ma famille ne relevait donc pas du prodige.

L'intérieur du pick-up sentait le tabac, le poisson et le plastique chaud du fait de sa longue exposition au soleil matinal.

Jim Lamar m'avait posé sur le siège passager avant d'arrimer une bâche en vadrouille à l'arrière du camion, puis m'avait rejoint et, sans un mot, avait mis le contact. La musique, partie un dixième de seconde avant le moteur, emplissait maintenant l'habitacle avec une telle puissance que tous les chevaux ronflant sous le capot ne parvenaient pas à la couvrir. La tonalité était si élevée et les basses si intenses qu'il était impossible de discerner entre les trépidations du moteur et celles issues des enceintes, lesquelles me faisaient vibrer de la tête aux pieds. Transformé en caisse de résonance, je me laissais conduire dans un état second, fasciné par une chanson que j'entendais pour la première fois et dont je marmonnais le refrain en même temps que son auteur, *Rainy Night in Georgia.*

Ce ne fut que lorsque le morceau prit fin, à la faveur de quelques secondes de silence, que je revins à la réalité.

Nous remontions la grand-rue. Tout le long, à la terrasse d'Eleazar, devant la mairie, disséminés au petit bonheur sur la chaussée ou au bord des trottoirs, des groupes d'hommes et de femmes pris dans leurs conversations, quelques passants solitaires, se figèrent à notre passage. Le malaise que j'éprouvai à me sentir ainsi scruté, en raison de ma présence aux côtés de celui par qui le scandale arrive, au lieu de se dissiper après que je me suis souvenu de l'imperméabilité des vitres miroirs aux regards indiscrets ne fit, au contraire, que se renforcer.

Car ces traits hostiles, ces expressions de rage et de rancœur mêlées, cette avidité malsaine, fruit de la curiosité et du désir de lire sur le visage de l'empêcheur de tourner en rond ses intentions réelles ou supposées auraient été, si je m'étais trouvé parmi eux plutôt que là, sur mon siège, à en supporter le poids, les miens, exactement les miens.

C'était comme si, monté dans un carrosse doré tiré par douze chevaux harnachés de velours et d'argent, je découvrais mon peuple tel qu'il était, sale, miséreux, vêtu de haillons et que, tout en le déplorant, je découvrais, pour la première fois, le cambouis sur mes mains, la crasse sous mes ongles, la suie dans mes cheveux et les taches d'huile et de boue sur mes vêtements rapiécés de partout. Je n'en déduisais rien, pas ce jour-là en tout cas, car mon esprit tirait déjà sur sa laisse dans une autre direction.

Après avoir quitté la grand-rue, longé les ateliers où, autrefois, s'était fait Stanford, où charpentiers, menuisiers, tonneliers, artisans, tous les corps de métiers avant de s'effacer, un à un, sous les coups de gomme des grosses entreprises de Saint Louis, avaient construit notre bourgade, tandis que nous franchissions la limite de ce qu'il est convenu de nommer la ville en comparaison de la périphérie dont Camp Road était l'une des excroissances, droit devant nous, près des pompes Texaco du garage de Chuck Westmore, j'aperçus un petit groupe d'hommes faisant cercle autour d'un gamin.

Pas besoin d'avoir un regard d'aigle pour reconnaître la silhouette carrée surmontée d'un fouillis de boucles blanches de mon père, celle plus haute, plus étroite, dotée d'un crâne plus lisse et brillant qu'une ampoule électrique, d'Oncle Carl et, gesticulant comme une poule ébouillantée, Cousin Humph en personne, tout juste réchappé du territoire des ombres.

Ce qu'il était en train de leur raconter, je le devinais sans peine. Sûrement leur décrivait-il la bête sur laquelle, vaillamment, il avait décoché le contenu de son carquois avant, réduit à l'impuissance, de se carapater pour quérir du secours. Il fallait se hâter maintenant, rafler fusils et cartouches et se ruer là-bas, au fond des bois, pour, à défaut de sauver le pauvre Bill, anéantir le monstre.

Oui, quelque chose comme ça, sûrement. Sauf que les adultes qui l'entouraient ne semblaient pas manifester d'inquiétude particulière. Ils l'écoutaient attentivement, c'est vrai, mais connaissant mon père je comprenais bien, à le voir ainsi, les mains sur les hanches, hochant tranquillement la tête, que cette histoire d'ours avait du mal à prendre. N'empêche qu'il s'était bien passé quelque chose, et puisqu'il ne croyait pas à la version de Humph, il faudrait que la mienne, le moment venu, soit plus crédible. Il suffirait pour ça que je raconte la vérité, mais, au fond de moi, une petite voix me soufflait que la vérité ne conviendrait peut-être pas. Jim Lamar n'avait pas besoin que je lui accroche une casserole du genre de celles dans lesquelles on mitonne les réputations de satire planqué dans les buissons.

« Tournez ici ! » lançai-je en tendant le bras, au terme d'une réflexion éclose, développée et conclue en moins de temps qu'il n'avait fallu au pick-up pour couvrir cinquante mètres.

Sans chercher à comprendre, Jim avait bifurqué à droite, dans la petite rue que je lui indiquais. Au bout, c'était, d'un côté, la route de Bunsbury et les champs de maïs du vieux Slim Gardner, de l'autre, un chemin de terre menant à Camp Road.

« Je vais descendre là ! Je suis plus très loin maintenant ! débitai-je lorsque nous eûmes atteint l'intersection.

– Et ta cheville ? s'inquiéta-t-il en stoppant.

– Je ferai gaffe à pas m'appuyer dessus ! » répliquai-je en ouvrant déjà la portière.

À sa manière d'acquiescer en détournant le regard, je sus qu'il comprenait une partie des raisons pour lesquelles je ne tenais pas à être vu en sa compagnie. De toute manière, j'étais déjà descendu du camion que je contournai par l'avant en claudiquant, cherchant des yeux, sans le laisser paraître, une branche, un bout de planche, n'importe quoi qui fasse office de béquille tant le simple fait d'effleurer le sol du bout du pied constituait une épreuve que je me figurais mal endurer sur les trois cents mètres de ce mauvais chemin. Le plus important, dans l'instant, était de faire bonne figure à l'intention de celui que les vitres me dissimulaient et qui, sans le moindre doute, ne me lâchait pas du regard.

Comme je m'éloignais, je remarquai, à vingt pas de là, couché dans l'herbe au bas du talus, un vieux piquet de bois qui ferait bien mon affaire. Seulement, il fallait que l'autre soit parti avant que je l'atteigne, le ramasser devant lui constituant selon moi un aveu de faiblesse. Aussi, quand le moteur qui n'avait cessé de tourner se mit à ronronner un peu plus fort, je ne pus m'empêcher de soupirer.

« C'est quoi, ton prénom ? »

Il avait fait trois tours de roues pour s'arrêter à ma hauteur.

« Bill ! » lançai-je timidement en me contentant de tourner la tête pour ne pas avoir à effectuer un pas supplémentaire.

Le coude à la portière, il déplia le bras vers moi.

« Tiens, Billy ! »

Je ne pris conscience qu'il s'agissait d'une cassette audio que lorsque je m'en fus saisi. Pris au dépourvu, je la lui retendis aussitôt.

« Non, attendez… »

Mais il avait déjà démarré. Planté au bord du chemin, je regardai s'éloigner le camion sur la route de Bunsbury jusqu'à ne plus distinguer qu'un nuage de poussière.

5

J'avais eu de la chance. Se taper presque trois kilomètres depuis le fond des bois jusqu'à Camp Road, sans autre secours qu'un vieux piquet à moitié pourri, relevait de l'inconscience. Je devais imaginer, ainsi que me le demandait le docteur Bates, les conséquences d'un acte aussi irréfléchi dans le cas où les os de ma cheville ne se seraient pas remis en place tout seuls. Un coup à rester boiteux jusqu'à la fin de ma vie ! Alors, oui, il me fallait bien admettre que j'avais eu une foutue chance. Une chance à ménager en évitant de trop remuer durant quelques jours.

Okay Doc, fastoche !

Ne pas trop remuer, rien que ça, à treize ans, avec le Mississippi qui vous tend tous ses bras ! Autant demander à une perche de cesser de nager ou au vieux Ben Lawson d'utiliser sa langue à autre chose qu'à débiter des stupidités.

Cependant, gambader avec une cheville de la taille d'un mollet et un pied sur lequel, à chaque pas, semblent se refermer les mâchoires d'un piège à loups, voilà qui relevait d'une perversion inusitée dans le comté de

Wurms. Contraint d'admettre la prescription du bon docteur, je devais rapidement trouver à cette situation un avantage, et non des moindres, celui de me dispenser de faire acte de présence au collège, celle-ci fût-elle, ordinairement, des plus symboliques.

Tout bien pesé, ma situation devenait presque enviable. D'autant que cette immobilité forcée m'offrait l'opportunité de m'adonner à des tâches toujours différées en temps ordinaire. Et Dieu sait qu'il y avait, à la maison, de quoi faire.

Ma chambre, au fil des années, était devenue un véritable mouroir pour toute une série de jouets cassés, démantibulés, que je me promettais de rafistoler. La plupart ne demandaient qu'une heure ou deux de bricolage, mais l'appel du large m'empêchait toujours de les leur accorder. Je décidais donc, pour commencer, de réparer celui qui m'était le plus précieux, un super 4x4 télécommandé aux roues démesurées que j'avais soumis à des manœuvres si effrénées durant le mois suivant son achat que les deux trains s'étaient pour l'un rompu, tordu pour l'autre.

J'escomptais consacrer à cette entreprise simplissime les deux premières heures de l'après-midi, juste de quoi tuer le temps dans l'attente de la diffusion, vers quatre heures, d'un épisode des *Mystères de l'Ouest.* Contrat que j'aurais rempli haut la main si personne n'avait songé à pénétrer dans mon sanctuaire.

« Qu'est-ce que t'as raconté à ton vieux ? Tout le monde se fout de ma gueule, maintenant ! Mon père arrête pas de me dire : *Gaffe, Humph, un ours !* Même Calvin s'y met ! Il se balade dans la maison avec son ours en peluche en gueulant qu'il l'a attrapé ! J'passe pour un con, moi ! »

Il était entré dans ma chambre avec sa trogne des mauvais jours, les paupières plissées, la lèvre supérieure plus rétractée que jamais sur les incisives qui lui valaient son surnom, en colère, ça c'est sûr, mais plus blessé que haineux. D'ailleurs, son laïus à peine déballé, mon cousin n'avait pu retenir les larmes qui lui gonflaient le cœur depuis la veille. Du coup, j'hésitai entre le jeter dehors illico et le réconforter.

Finalement, je décidai de lui balancer l'histoire que j'avais vendue à mon père.

Eh non, vieux, il n'y avait pas plus d'ours dans les bois que de requin dans le Mississippi. Du reste, s'il n'avait pas filé si vite, ou s'il s'était seulement retourné dans sa cavale, ou si encore, au lieu de courir d'une traite jusqu'à Camp Road, il s'était contenté de grimper dans un arbre pour assister, à défaut de s'y opposer, à mon trépas, il aurait pu constater par lui-même que la silhouette devinée dans les taillis était celle d'un cerf, au comportement bizarre, certes, mais en tout cas moins poltron que nous.

Là-dessus, Humph en avait oublié son chagrin pour me lancer avec un regard menaçant que j'avais intérêt à ne pas trop me foutre de sa gueule, qu'il ne comprenait pas à quoi je jouais, mais que lui, il n'aimait pas, mais alors pas du tout ce genre de rigolade, que quand on avait vu la bestiole dans les fourrés on avait été d'accord pour penser que c'était un ours, et bla-bla-bla…

Moi, cousin Humph, à l'époque, j'aurais pu le plier en trois avant de le casser en deux sans cesser de faire rebondir ma balle de base-ball contre le mur du garage. Trois semaines plus tôt, il était déjà arrivé à la maison en pleurnichant après que Big Buzz lui avait craché au visage au terme d'une série de coups de pied au cul. Solidarité familiale aidant, mais aussi afin de ne pas manquer une bonne occasion de ratatiner le copain survitaminé, j'avais, dans la demi-heure, racheté l'honneur des Brentwood au prix d'une de ses dents.

Et voilà que l'autre débarque pour me faire une scène de tous les diables ! D'aucuns, à sa place, même diminué comme je l'étais, ne seraient pas ressortis exactement dans l'état où ils étaient entrés. Question de principe ! Une règle à laquelle Humph, en raison de nos liens familiaux et d'une loi non écrite que je me suis toujours efforcé de respecter, à savoir ne jamais user de la force envers plus faible que soi, échappait.

En revanche, j'entendais bien ne pas perdre la face en le laissant filer à si bon compte. Aussi, je fis mon possible pour le rabaisser plus bas que terre.

Qui était-il pour venir me donner des leçons ? Qui d'autre que lui avait lancé qu'il s'agissait d'un ours ? Qui avait abandonné l'autre à la merci du monstre supposé ? Qui aurait été responsable, pour m'avoir privé de son secours, des conséquences dramatiques décrites par le docteur si les choses avaient mal tourné ? Qui, conformément à sa nature, s'était comporté en lâche ? Oui, un lâche, et un menteur, et un déserteur, et un tocard, à quoi j'ajoutais une série d'adjectifs que j'ai oubliés depuis. Car il était bien tout cela et rien n'y changerait, ni le fait de traquer les ratons laveurs, que ce soit avec un fusil, un arc et des flèches ou un rasoir jetable, ni moins encore le numéro d'homme qu'il venait de me jouer.

L'exercice ne m'étant guère familier, il m'apparaît, aujourd'hui, que j'aurais pu faire mieux. Pour l'époque, cependant, ce n'était déjà pas si mal et même amplement suffisant à en juger par la décomposition progressive du visage de mon cousin qui, mon réquisitoire achevé, laissait couler de grosses larmes sur ses joues livides.

« J't'emmènerai plus jamais à la chasse avec moi ! » chuinta-t-il avant de quitter ma chambre et de fuir la maison en claquant la porte.

Si sa pitoyable retraite me procurait une non moins lamentable fierté, je n'avais cependant plus le cœur à suivre les aventures de James West et de son fidèle Gordon.

J'en étais à concevoir le reste de l'après-midi comme une interminable punition lorsque mes pensées me ramenant aux événements de la veille, le souvenir de l'un d'eux, capital, me fouetta les sangs.

« Kittie ! » beuglai-je du haut des marches.

L'aînée de mes deux sœurs, alors âgée de neuf ans, pointa sans tarder son minois soucieux.

« Maman a dû ramasser mes fringues pour les passer à la machine. Il y avait quelque chose dans l'une des poches de mon jean. Fonce à la buanderie, Kittie ! Regarde si tu trouves ! »

En moins de deux minutes, elle avait fait l'aller-retour. Mon pantalon était propre, bientôt sec, et Kittie me tendait la cassette épargnée du naufrage par une mère attentive.

Au terme de quatre jours et presque autant de nuits de lecture quasiment en boucle sur le petit radiocassette au son de casserole offert pour mes dix ans et jusqu'alors peu utilisé, *Polk Salad Annie, Roosevelt and Ira Lee, Rainy Night in Georgia* bien sûr, mais surtout *Mississippi River,* m'étaient devenus aussi familiers que mes nom et prénom.

À cette époque, la musique se résumait pour moi aux quelques airs de country et de blue-grass que chantonnait mon père en rentrant les foins ou en ferrant ses chevaux sous prétexte que ça les apaisait, et aux gloussements que poussait avec un sourire béat Teddy Carter lorsqu'il interprétait, à l'occasion des foires du comté, les morceaux de Hillbilly Blues repris avec ferveur par un bon tiers de la population de Stanford.

Le *Live in Europe '71* de Tony Joe White avait ouvert dans mon âme une brèche par laquelle allait s'engouffrer le meilleur de cette musique – et l'une des rares choses dont l'Amérique puisse légitimement s'enorgueillir.

Je n'énumérerai pas ici tout ce que j'ai écouté, depuis, jusqu'à l'overdose. Non, je ne pourrais pas tous les citer, ces dieux noirs du blues devant lesquels je me prosterne à présent tous les jours. Je ne pourrais pas tous les citer, et n'en nommer que quelques-uns au détriment des autres me causerait trop de tourments. Dieu reconnaîtra les siens et quelque chose me dit que ceux-là, Il les connaît bien !

Le monde dans lequel je reprenais pied après quatre jours de repos forcé ne m'avait jamais paru aussi beau. Un monde aquatique, gorgé de lourdes exhalaisons de terre détrempée et de bois mouillé, au sol gras où chaque pas marque et s'accompagne d'un bruit de succion, un monde vert, luisant, hanté par la musique monocorde de la pluie ruisselant au goutte à goutte de milliers de feuilles sur autant d'autres feuilles, un monde pris entre deux eaux, celle du ciel, continue, et celle du fleuve gonflé à bloc, terrifiant flot brun déferlant sans bruit, chargé d'arbres morts et de corps incertains.

Deux heures durant, je m'en étais mis plein les yeux, jubilant du goût de la pluie et du vent sur mon visage, de ne plus éprouver à la marche ni gêne ni douleur, réparé, tout neuf, le cœur léger et les bottes empesées chacune d'un bon kilo de boue.

Parvenir jusqu'à mon poste d'observation favori, tout près du vieux ponton effondré dans les joncs, juste après la boucle, là où ça fait un creux et qu'on ne sait plus très bien si c'est encore la rivière ou déjà le marais, n'était vraiment pas sorcier. Il suffisait, après avoir délaissé le chemin forestier, de s'enfoncer dans les taillis sur une centaine de mètres, d'enjamber une foule de troncs à moitié pourris, de se faufiler parmi les fougères plus denses au fur et à mesure qu'on se rapprochait du fleuve, puis de patauger cinquante ou soixante pas dans le sol spongieux et, enfin, d'effectuer quelques bonds de pierres en racines émergées pour aboutir, si possible sec, à ce petit coin de paradis. Un jeu d'enfant.

Je l'avais découvert par hasard, en remontant la rive du fleuve, un jour de basses eaux, en quête de nouveaux sites de pêche. À mon arrivée, un héron s'était envolé et depuis, j'y avais côtoyé à peu près tout ce qui rampe, saute, vole et marche à proximité du Mississippi.

Aujourd'hui tout était calme, pas un craquement, nul froissement des roseaux supérieur à celui produit d'ordinaire par la caresse du vent. Accroupi sur un long rocher plat enfoncé aux deux tiers dans le fleuve, je m'absorbais, sous un soleil maintenant radieux, dans la contemplation des black-bass en chasse.

« Salut Billy ! »

Debout, c'est sûr, j'aurais basculé dans le fleuve, car même à croupetons, il m'avait fallu poser la main sur le rocher lisse pour maintenir mon équilibre. Il faut avouer que se retrouver face à quelqu'un dans un lieu où personne ne vient jamais a de quoi surprendre, d'autant plus que le visiteur, un type d'un mètre quatre-vingt-dix et des poussières et de pas moins de cent kilos, est parvenu à se faufiler jusqu'à vous sans faire plus de raffut qu'un rat musqué.

« B'jour, m'sieur ! balbutiai-je en évitant de croiser son regard.

– Ça va, ta cheville ? demanda-t-il en souriant, décontracté.

– Ça va bien, merci.

– Tu viens souvent par ici ? »

J'oubliai instantanément ma gêne pour lui faire face avec l'exaltation du gamin gourmand à qui on vient de demander s'il aime les sucres d'orge.

« Tous les jours, m'sieur ! Sauf cette semaine, à cause de ma cheville. Quatre jours que je n'étais pas venu ! »

Jim Lamar m'observait en se frottant les mains avec un drôle d'air. Il semblait hésiter entre la nécessité de poursuivre et celle, je crois, de couper là, de s'en tirer par une pirouette. Je n'aurais pas été surpris plus que ça de le voir grimacer un sourire, m'adresser un signe furtif de la main et tourner les talons.

Pourtant, loin de s'en aller, il s'approcha, puis, repliant ses grandes jambes, s'assit à même le sol dans une position à peu près identique à la mienne, nos pieds séparés d'à peine vingt centimètres.

« La première chose que j'ai faite quand je suis revenu, la toute première, c'est de venir ici, embourbé jusqu'aux mollets, me remplir les poumons de cette foutue brume poisseuse. Des heures à écouter le murmure du fleuve tapi dessous, son frottement continu contre le flanc des berges, le frémissement des roseaux, le cri des chouettes, le chant des grenouilles, des heures à le regarder apparaître dans le petit jour – tu sais, comme les images des

Polaroïds, pâles, presque transparentes, qui prennent peu à peu des couleurs et des formes –, à le retrouver comme je l'avais quitté, pareil au souvenir que j'avais gardé de lui… »

J'étais médusé. Des gens qui aimaient le Mississippi, à Stanford, on en trouvait, c'est sûr. À commencer par Oncle Bob qui m'avait appris à pêcher et qu'il m'arrivait d'accompagner à bord de son canot à fond plat pour traquer le blue catfish dans les bras morts. *Qu'est-ce qu'on serait sans ce putain de Mississippi ?* disait-il toujours quand, postés en silence depuis des heures, bercés par la douce complainte des herbes d'eau froissées par la caresse d'une brise si légère que nous n'en percevions pas même le souffle, il remontait les canettes de bière et de Pepsi plongées dans les lentilles et les algues filandreuses. Et tandis que nous dégustions nos breuvages respectifs en silence, tous les sens dédiés à ce fleuve auquel nous appartenions alors avec la même réalité que les rats musqués ou les castors que l'on voyait nager à quelques mètres à peine du canot avant de se perdre dans les massifs de cladions, les étincelles que je voyais filtrer d'entre les paupières plissées d'Oncle Bob résultaient d'autre chose que de la réverbération du soleil sur le miroir lisse du fleuve immobile.

D'autres, bien d'autres, aimaient le Mississippi. Mon père, évidemment, mais, je crois, tous les hommes de Stanford, chacun pour ses raisons, pour le poisson que nous offraient généreusement ses eaux parfois tumultueuses, pour son usage à des fins agricoles, pour le fantastique corridor navigable qu'il constituait, fabuleux serpent nourricier louvoyant à travers ce vaste continent, pour sa magie au levant, sa splendeur au couchant, pour mille et mille bienfaits, tous, chacun à sa manière.

Pour moi, aimer le fleuve était une évidence. Pas besoin d'en faire un plat. Mais là, c'était bien l'écho de mes propres pensées, toutes simples et toutes bêtes, qui me revenait aux oreilles et au cœur avec la voix de Jim Lamar.

Merde alors, Bill, lui comme toi, avec les mêmes images, la même ferveur, pareil, pour la même chose, au même endroit.

« C'était mon coin préféré quand j'étais gosse. Le meilleur pour observer les bass. Et le meilleur aussi pour échapper à mon vieux quand il avait bu un coup et qu'il voulait me filer une raclée. Ouais, j'en ai passé du temps par ici. Une nuit entière, même, une fois, là où tu te tiens, sans pouvoir fermer l'œil, à sursauter au moindre bruit, à crever de trouille et à ravaler mes larmes en me promettant, dès que je serais assez grand et que j'aurais la force, de présenter la facture à mon père. Une sale nuit, y a pas de doute. »

Relativement enjouée au départ, sa voix avait peu à peu glissé dans les graves jusqu'à presque s'éteindre sur les dernières syllabes.

Tout remué, je restais à contempler cet hercule, les mains crochetées aux hanches et le front incliné. Où il était maintenant, je n'en savais rien. Loin, en tout cas, à en juger par le regard perdu que je croisais lorsqu'il redressa la tête.

« Bon, allez fils ! Faut que j'y aille si je veux manger chaud, ce soir ! » lança-t-il, faussement enjoué, en me décochant un clin d'œil.

« Au revoir, m'si...

– Jimmy ! À part les étrangers, tout le monde m'a toujours appelé Jimmy ! Tu crois pas qu'on se connaît assez pour que tu laisses tomber le *m'sieur* ?

– Au revoir, Jimmy ! » lâchai-je, surpris de m'entendre prononcer ce nom.

Et quand, en passant, il posa sur mon épaule l'une de ses immenses mains, c'est bien un sentiment de fierté qui m'envahit. Oui, fier je l'étais, Dieu seul sait à quel point. Une fierté intime, pas du genre à vous faire bomber le torse et jouer les Fonzie des *Happy Days* dans les couloirs du collège, non, mais plutôt de celles capables de vous faire gagner quelques pas sur le long chemin de la vie.

6

Après ce que j'avais vécu au cours de la semaine écoulée, replonger dans l'univers carcéral de Bunsbury, avec ses travaux forcés de mathématiques, n'était pas pour me mettre du baume au cœur. Tout encore à ma conversation de la veille avec Jimmy, j'avais laissé filer la matinée et passé une bonne partie de l'après-midi en roue libre, n'émergeant que pour lancer un coup d'œil furtif, tous les quarts d'heure environ, aux aiguilles de cette saleté de montre qui refusaient de tourner plus vite. Ce qui m'attendait au retour ne m'enthousiasmait guère, mais aider mon père à relever un talus liquéfié en tas de boue par les pluies des jours précédents me semblait une occupation plus saine et sensée que celles auxquelles j'avais feint de consacrer les sept dernières heures.

«J'aurais b'soin d'un coup de main, c'soir, pour dégager l'ch'min des Clairières!» avait-il dit au petit déjeuner, le nez dans son bol de café, après m'avoir glissé un regard pas trop franc d'entre ses paupières gonflées de sommeil.

Aider à la ferme est une attribution naturelle pour un enfant d'agriculteur. Dès que j'avais été en âge de manier la truelle, la pelle ou la masse, mon père m'avait mis à contribution pour divers travaux de maçonnerie, planter des piquets de clôture ou charrier le fumier de la fosse au potager. Ma mère, qui nourrissait pour son rejeton d'autres ambitions que le voir s'échiner sur cette terre comme les parents de mon vieux l'avaient fait, et avant eux les leurs et ainsi de suite, ma mère, donc, ordinairement soumise au diktat de son époux s'était si farouchement opposée à lui sur ce sujet que mon activité sur l'exploitation, encore intense jusqu'à l'année précédente, s'était, depuis mon entrée au collège, considérablement réduite.

Mon père en avait été quitte pour embaucher, en plus de Stan Stover et d'Elmore LaGrange, tous deux employés de longue date, Dennis Perry, un jeune gars aux aptitudes physiques inversement proportionnelles à ses capacités intellectuelles. Aussi, bien qu'étonné d'être requis pour cette tâche, je me pliai, comme il se doit, aux injonctions paternelles. Et le soir venu, de retour à Stanford, je me hissai sans rechigner à ses côtés dans la cabine de notre antique Dodge.

Hormis le bruit du moteur, un silence absolu avait régné dans le camion durant les vingt minutes de promenade cahotante à travers champs. Que le vieux ne pipe mot n'avait, en soi, rien d'alarmant. C'était sa marque de fabrique. Seulement, les regards torves que je sentais peser sur moi quand j'abandonnais la contemplation abêtissante de la prairie à travers le pare-brise pour suivre, par la vitre, un vol de canards ou la fuite des nuages ne me disaient rien qui vaille.

Slim Gardner s'était plaint de ne pouvoir accéder à son bois situé en limite de nos terres par le chemin sur lequel il jouissait d'un droit de passage. En rétablir l'accès nous incombait. Soit. Deux choses me frappèrent toutefois lorsque nous parvînmes sur place.

La première fut de constater la mauvaise volonté, voire la mesquinerie, qui animait le vieux Slim. L'éboulement en question n'était jamais qu'une vulgaire coulée de terre longue de cinq mètres au plus et dont l'emprise n'excédait pas le tiers de la largeur du chemin. Faire passer deux roues de tracteur sur de l'herbe, fût-elle celle d'un autre, sur une distance de cinq mètres, ne me semblait pas représenter une grande épreuve. Enfin, le droit rural étant ce qu'il est, passons.

La seconde soulevait des interrogations que certains signes avant-coureurs – la réquisition de mon père, ses regards pas très nets – avaient déjà ébauchées. Pourquoi s'atteler à deux à cette tâche que le jeune et vigoureux Dennis aurait expédiée en moins de temps qu'il ne faut pour le dire ? Pourquoi moi, compte tenu du fait qu'il avait fallu à mon père attendre mon retour du collège et donc la fin de la journée pour accomplir ce travail qu'il pouvait, j'en étais sûr, entreprendre seul ?

Des questions que je me posais en descendant du camion et que je ne cessais de ressasser en évacuant à grands coups de pelle les quelques mètres cubes de boue et de cailloux qui m'échoyaient.

Des questions qui me turlupinaient encore quand, une poignée de quarts d'heure plus tard, nous remisions nos outils crottés à l'arrière du Dodge.

« Qu'est-qu'y veut faire ? »

Je regardais mon père. Ses lèvres avaient à peine bougé. Pourtant, il avait parlé et l'insistance avec laquelle ses prunelles d'eau glacée me dévisageaient ne permettait pas de douter qu'il attendait de moi une réponse. Et fissa.

Comme pas mal de gens à Stanford, et d'autres ailleurs – j'en ai depuis rencontré –, il lui arrivait souvent, principalement dans la forme interrogative, de s'adresser à son interlocuteur à la troisième personne du singulier. Et je ne m'étonnais plus de ses *Alors, il vient ?* lorsqu'il désirait que je l'accompagne, *Où il va ?* quand il me voyait m'éloigner de la maison, *Il a fait ceci ou cela ?* après qu'il m'eut commandé un travail. Le problème, en la circonstance, résidait dans l'interprétation de la question.

Ce que je voulais faire, d'accord, mais quand ? Le soir même ? Le lendemain ? Plus tard ? Dans la vie ?

Et où ? À la maison ? Au collège ?

Et à propos de quoi ? Comme études ? Comme métier ?

« Je sais pas ! Ça dépend de ce que tu veux savoir. Si c'est pour plus tard, j'en sais encore rien ! hasardai-je, sur la défensive.

– Qu'est-ce que tu m'chantes, là ? » souffla-t-il durement, à la seconde personne, ce coup-ci.

Je secouai la tête, désorienté.

« Je comprends pas c'que tu veux !

– Te fous pas d'moi ! » lâcha-t-il d'une voix soudain curieusement mécanique.

Je m'apprêtais à protester timidement lorsqu'il ajouta :

« Josh Carter t'a vu parler avec lui ! »

Josh Carter était une sorte d'idiot du village que tout le monde feignait de considérer comme un brave garçon sous prétexte qu'il était toujours prêt à rendre service. Il créchait chez le pasteur Clark qui l'avait recueilli après la mort de sa mère, en contrepartie de quoi il remplissait le rôle d'homme à tout faire. Toujours en vadrouille, il savait être plus silencieux qu'une couleuvre et aussi indétectable qu'un avion furtif, ce qui faisait de lui les yeux et les oreilles de Stanford.

Il avait la fâcheuse habitude de me ficher la trouille quand, pêchant au bord du fleuve, me croyant seul au monde, je le découvrais soudain derrière moi, là, depuis je ne sais combien de temps, à me contempler avec un sourire béat. Il est à parier que si quelqu'un avait égaré ses clés, Josh Carter aurait été en mesure de lui dire quand et où, et sans doute connaissait-il l'identité du mystérieux géniteur des jumeaux de Mary-Jane Ferguson.

La veille, près du vieux ponton, je ne l'avais pas vu. Lui, si ! Je restai sans voix.

Pas mon père.

« Qu'est-ce que t'es allé foutre au fleuve avec c'type, hein ? Va falloir qu'tu m'expliques, et t'as intérêt à c'que ça soit clair parce que moi, les embrouilles, tu l'sais, j'aime pas bien ! »

Sauf quand ça l'arrangeait, pensai-je, vite fait, avant d'élaborer, tout aussi promptement, quelque chose d'assez proche de la réalité pour paraître crédible et en même temps de suffisamment éloigné pour ne pas ruiner l'histoire que je lui avais fourguée à propos de mon accident.

« Je voulais juste le remercier !

– L'remercier d'quoi ? fit mon père avec une vilaine grimace.

– Tu te rappelles ce qu'a dit le docteur le jour où je me suis tordu la cheville ? Comme quoi j'avais eu de la chance de pas m'esquinter plus salement avec la trotte que je m'étais tapée… »

N'obtenant pour tout assentiment qu'un grognement soupçonneux, je poursuivis :

« Eh ben, les choses se sont pas vraiment passées comme ça. En fait, on s'est rencontrés dans la forêt, derrière chez lui. Il était en train de ramasser du bois et quand il m'a vu dans cet état, il m'a proposé de me raccompagner à la maison. Moi, j'ai dit non, mais il a insisté. Alors, comme je voulais pas qu'on nous voie ensemble, je me suis fait poser au bout du chemin, avant la route de Bunsbury. »

Les petits yeux de mon père se changèrent en deux fentes par lesquelles un tribunal de l'Inquisition au grand complet estimait la noirceur de mon âme. De deux choses l'une : soit celle-ci se révélait, en dépit de ce que je redoutais, de la blancheur d'une colombe, soit les experts en fourberie manquaient de perspicacité, puisque au terme d'une grosse minute d'un examen minutieux mon demi-mensonge recevait le sceau de la vérité vraie.

« T'aurais dû me l'dire ! » lâcha-t-il sèchement.

Je baissais la tête avec l'air contrit de celui qui admet son erreur.

« Mais, surtout, t'avais pas à lui causer avant d'm'en parler ! Un gars d'ton âge, ça d'mande à ses parents s'il peut causer à des gens qu'il connaît pas ! Les parents, c'est pas juste fait pour t'nourrir et t'blanchir, ça sert à t'dire c'que tu peux faire ou pas faire ! Nom de Dieu, c'type, on sait pas d'quoi il est capable ! Et s'il t'avait tordu l'cou, ou même pire, hein ? T'y as pensé à ça ? Tête de pioche ! »

Les mains enfouies dans les poches arrière de mon jean, j'avais enduré les admonestations paternelles avec toute l'humilité requise. J'avais toujours agi ainsi et, généralement, mon père, dès lors que j'affichais un masque de repentance, se lassait avant moi. À condition que je me taise.

« C'est un mec bien, je crois ! » dis-je en relevant un peu le menton.

La violence avec laquelle son poing frappa le hayon du Dodge me fit sursauter et esquisser un mouvement de recul.

« Tais-toi ! hurla-t-il. Un mec bien ! J't'en foutrais, moi ! Un mec bien ! Merde, alors ! »

Fou de rage, il m'avait fusillé du regard avant de se détourner pour tenter d'apaiser sa colère en faisant quelques pas. Je ne lui avais jamais tenu tête, pas aussi délibérément en tout cas.

« Tu peux dire ce que tu veux, n'empêche que c'est vrai ! » continuai-je, surpris de ma propre hardiesse.

« Nom de Dieu ! » s'exclama-t-il en pulvérisant une motte de terre d'un coup de pied.

Tandis qu'il fondait sur moi, je crus que j'allais, pour la première fois de ma vie, mesurer sur ma figure l'effet que produisaient ses battoirs sur le cul des vaches. Déjà je rentrais la tête dans les épaules quand il se planta devant moi, si près que sa poitrine me frôla les cheveux, si près que l'odeur âcre et lourde de toute la sueur d'une journée de travail imprégnée dans sa chemise m'emplit les narines au point de me faire presque suffoquer.

Un temps, je ne perçus rien d'autre que le souffle chaud, profond et saccadé, déferlant de son nez sur le sommet de mon crâne, le mouvement ample de sa respiration contre mes cheveux.

« T'es trop jeune pour savoir certaines choses, garçon ! reprit-il enfin. T'as pas idée de c'que ces gars ont fait quand y z'étaient là-bas, dans c'putain d'pays d'sauvages ! J'sais bien qu'la guerre c'est pas d'la rigolade. J'ai un onc' qu'a fait l'Pacifique et c'qu'y nous a raconté nous faisait pisser dans notre froc quand on était gamins! C'était pas drôle, non, c'est sûr, mais c'qu'y z'ont fait chez les Viets, ça s'raconte pas tellement c'est moche! Quand y sont partis, c'étaient des hommes comme les autres, de bons Américains comme toi et moi, mais là-bas c'est devenu des bêtes, et même pis que des bêtes! Les saloperies qu'y z'ont été capables de faire, tu peux pas t'imaginer… »

Je savais que rien ne pourrait arrêter mon père, alors je me forçai à fermer les yeux, à ne pas écouter, à ne pas identifier les mots qui s'insinuaient en moi comme des vers, humides et répugnants, et dont je savais, dès lors qu'ils s'étaient introduits dans mon conduit auditif, que rien ne les empêcherait de se frayer un chemin jusqu'à mon âme où ils feraient leur trou, s'établiraient à jamais.

« … Y t'l'a pas raconté, ça, hein, ton *mec bien*! Y t'a pas parlé de tous les gens qu'y z'ont tués, des vieux, des vieilles qu'y z'ont cramés dans leurs bicoques, des femmes violées, des gosses massacrés! Ouais, des p'tits gosses, des bébés… »

Comme j'aurais voulu le frapper alors, le démolir méthodiquement, à coups de poing, de pied, à l'aide de cette pelle dont mes paumes gardaient encore le souvenir cuisant, l'éparpiller aux quatre coins de ce champ bourbeux avant d'en enterrer chaque morceau afin que personne, jamais, ne puisse le reconstituer.

Ah, je jure que c'est ce dont je rêvais à ce moment-là, le tuer pour qu'il se taise. Mais comme, bien sûr, il était trop grand, trop fort, comme, bien sûr, si j'avais tenté le moindre geste, si j'avais ne serait-ce que levé la main, il m'aurait fait plier, et surtout parce qu'il était mon père, mon putain de père, je ne pouvais rien faire que me taire, et subir ce qu'il continuait à vomir, le détail minutieux de ce qu'il avait entendu dire, ou qu'il avait imaginé, le menu complet des atrocités commises dans ce pays dont il se foutait bien, envers des gens qu'il avait toujours appelés *bridés*, *nyacs* ou *fils de putes de cocos*, la liste insupportable des exactions perpétrées par nos *boys* sur des civils qu'il ne lui serait pas venu à l'esprit de plaindre, les sévices, les massacres, tout ça pour me punir, moi, de m'être fait un ami d'un homme de son âge, alors que lui n'avait jamais su m'inspirer autre chose que crainte et soumission.

Tu sais quoi, Billy ? Si ça se trouve, il ment. Si ça se trouve, il invente ces horreurs pour te faire mal. Peut-être même que toutes ces saloperies, c'est des trucs qu'il a au fond du cœur et qu'il rêve, parfois, tout éveillé, comme maintenant, d'accomplir lui-même. Et même s'il ment pas, même si c'est vrai, c'est pas ton problème parce que Jim, tu le connais, t'as parlé avec lui, il t'a soigné, il t'a appelé fils. Jim, tu le sais bien, c'est pas un mort vivant. Jim, c'est ton ami !

À présent, le père pouvait bien dire tout ce qu'il voulait, je ne l'entendais plus. Une autre voix avait pris le dessus, une voix forte, pleine d'assurance, débarrassée du doute, ma propre voix qui répétait, plus fort à chaque fois : *Pas Jim. Pas Jim. Pas Jim…*

La brume, montée du fleuve comme chaque soir, s'étirait en filaments à trente centimètres du sol, ouatant les pousses de maïs d'un voile que les phares jaunes du Dodge déchiraient et dont les lambeaux effilochés, glissant le long de ses flancs et sous ses roues, s'égaraient dans notre sillage. Là-bas, tout au fond des terres, elle se dressait, haute et dense, contre la masse floue des arbres adossés au ciel bleu sale, progressant inexorablement, déterminée à tout engloutir, le ciel, les arbres et la terre, sans un bruit, sans colère, comme une vague silencieuse et impalpable, le souffle doux et humide du Mississippi. Cela enflerait, envelopperait Stanford et la moitié du comté jusqu'aux premières heures de la matinée, puis le fleuve aspirerait un bon coup, lentement, profondément, et la brume retournerait dans son lit jusqu'à la prochaine nuit.

Voilà à quoi je songeais, une main agrippée à la poignée de la portière, l'autre au rebord du siège, bringuebalé au retour comme je l'avais été à l'aller. Voilà à quoi je m'efforçais de réfléchir pour ne penser à rien d'autre. Et surtout pas à ce qui pouvait se tramer dans le cerveau de mon père.

« Bon, maint'nant, tu sais ! » avait-il conclu, fier du devoir accompli, en s'écartant de moi pour grimper derrière son volant.

Aussitôt, le camion s'était mis à tousser puis à cracher une épaisse fumée noire et je l'avais rejoint à bord.

Depuis, nous n'avions pas échangé un mot.

Un moment, je m'étais appliqué à trouver une parade, quelque chose de pertinent à rétorquer au cas où il aurait remis ça. Je n'avais pas eu à chercher bien loin. Buck Wayland. Ouais, Buck Wayland, m'étais-je dit, satisfait. Qu'il essaie seulement de me parler encore de ces salopards de G.I., ces tueurs de bébés et tout son attirail répugnant, et je lui balancerai le nom de Buck Wayland comme on crache par terre avec un air de défi.

Car après tout, Buck comme Jim avait été G.I., comme Jim avait combattu au Vietnam. Or, je n'avais jamais entendu mon père citer son nom sans le faire précéder de *brave.* Buck était quelqu'un de gentil, c'est vrai, et tout le monde l'aimait, quoi de plus normal. Sauf qu'il y avait une raison et qu'elle était toute bête : Buck était concessionnaire John Deere et faisait bénéficier ses vieux copains de Stanford de généreuses ristournes et de facilités de paiement lorsqu'ils achetaient du matériel agricole. Mon père en avait profité et en profiterait encore. *Brave Buck!* Je gardais ça sous la langue. Maintenant, j'avais des munitions.

Et puis, on avait continué à rouler, je devrais dire à tanguer, le silence entre nous s'était épaissi et je m'étais résigné à ne plus cogiter.

Vingt minutes plus tard, en vue de la maison, l'idée de me retrouver face à lui, à la même table, me coupait l'appétit. J'en étais à élaborer un plan pour me soustraire à cette épreuve quand, parvenu près des hangars où il rangeait le Dodge, mon père, la main sur la clé de contact, avait lâché froidement :

« Tâche de savoir c'qu'y veut faire.

– Quoi ? Mais tu m'as dit de pas... »

Le regard qu'il me coula alors me parut celui d'un enfant malicieux et pervers qui, sortant de sa poche une boîte d'allumettes, regarde un autre lui-même, un complice en compagnie duquel il s'apprête à foutre le feu à une grange remplie de foin.

« Ouais, mais maint'nant, c'est pas pareil. Maint'nant, c'est moi qui t'demande d'y aller ! »

Soudain, je compris qu'il pensait m'avoir convaincu de la culpabilité de Jim Lamar et que puisque désormais l'ennemi était en confiance, eh bien autant en tirer profit.

Va te faire foutre! pensai-je en acquiesçant.

7

C'était un dimanche. La cloche fêlée de l'église battait le rappel des fidèles.

Comme d'habitude, ma mère et mes deux sœurs, parmi les premières à se rendre à l'office, devaient déjà avoir pris place sur le banc du deuxième rang. Selon maman, plus près eût été un péché d'orgueil, plus loin un péché d'insoumission, et moins loin de l'allée centrale la sournoise manifestation d'une volonté de s'éclipser sitôt la célébration achevée. Mon père, comme d'ordinaire, les rejoindrait plus tard, à temps toutefois pour ne pas louper le début. Quant à moi, eh bien, je n'irais pas.

Je n'y allais plus depuis quelques mois. Un dimanche de février, tandis que Dudley Clark certifiait que l'amour de Dieu passait par l'amour de son prochain, au lieu de faire semblant d'écouter son sermon et en réprimant l'envie de dormir que le ton monocorde du pasteur propageait dans tout mon être, je m'étais pris à observer les visages des paroissiens qui m'entouraient. L'exercice s'était révélé aussi amusant que déroutant. Si bon nombre d'entre eux faisaient, à mon instar, de louables efforts pour ne pas sombrer dans les bras de Morphée, certains ne semblaient pas seulement recueillir la parole du pasteur, ni même la boire, mais la manger, la savourer longuement, s'en saturer les papilles avant de l'avaler avec volupté.

Mais ce qui fit virer le simple divertissement en consternation, c'est l'identité des personnes qui manifestaient un tel zèle. Car enfin, voir Marge Farber et Jenny Campbell se gaver le dimanche de préceptes qu'elles s'employaient la semaine durant à bafouer allègrement, ou le vieux Ben Lawson marmonner chaque mot du sermon de Dudley, lui dont les lèvres ne s'ouvraient généralement que pour proférer des sentences de haine à l'encontre de ceux qui lui déplaisaient ou ne pensaient pas comme lui, ou encore, à ses côtés, Phillis, son épouse, figée dans une attitude proche de l'extase avec ses gros yeux exorbités et sa face de plâtre fissuré de partout, les mains jointes sur son estomac monstrueux, agneau bêlant aujourd'hui et demain harpie vociférante, oui, contempler ce spectacle risible me fit, ce jour-là, l'effet d'un électrochoc.

D'un coup, sans crier gare, avec la violence d'une pelletée de cailloux lancée dans un entonnoir en plastique, tous ces foutus salopards qui s'envoyaient les paroles de l'Évangile comme un laxatif pour évacuer leurs humeurs perfides, le pasteur Clark qui, bien souvent, partageait leurs idées, tous les autres ou presque qui, comme moi, indifférents à ce qui pouvait se raconter là se contentaient de faire acte de présence, cette somme de simulacres déboula dans mon cerveau avec un bruit de tonnerre et des éclairs aveuglants, et me fit passer pour de bon l'envie d'en rire.

Ce ne fut qu'un peu plus tard, dans l'après-midi, quand le vacarme eut cessé, alors que j'étais assis sur le tronc rugueux d'un gros chêne amené là un jour de crue et envasé depuis parmi les joncs de la rive, que je compris ce qui, dès lors, est devenu l'une des seules vérités que je tienne pour acquises. Dieu est partout: dans le tronc d'arbre sur lequel tu es assis, dans les joncs qui te caressent les mollets, dans le plongeon d'une grenouille ou le passage d'une libellule sous ton nez, dans le feuillage qui se balance et fait alterner l'ombre et la lumière sur ton visage, dans le Mississippi qui glisse sans bruit sous tes yeux, bref partout, mais sûrement pas au Temple durant l'office du dimanche matin.

Ma décision était prise; je n'irais plus.

La veille et l'avant-veille, le temps avait été maussade, gris et triste. Il n'avait pas vraiment plu, seulement crachoté par intermittence et j'avais prévu, pour ce dimanche, une partie de pêche. Mais l'orage avait éclaté dans la nuit et avec ce qui dégringolait, mes beaux projets ne tenaient plus. Désœuvré, j'avais enfilé mon K-way et en route pour une bonne balade. Oncle Bob, chez qui je me rendais d'abord, étant absent, j'errais un moment sans but avant d'emprunter le chemin de la ferme des Lamar.

Le pick-up était là. Depuis peu, à en juger par le voile de vapeur montant de son capot et la litanie de bruits secs issus du métal en cours de refroidissement. Pour le reste, hormis le martèlement de la pluie sur la carrosserie, tout n'était que silence.

J'étais venu ici d'un pas déterminé, et c'est avec la même assurance que je frappai à la porte. Deux petits coups secs, nerveux. Mais après plus de trente bonnes secondes que je passais, raidi sur le seuil, à me demander si je n'étais pas en train de faire la plus grosse bêtise de ma vie, pas un son, pas un froissement n'avait fait écho à ma tentative.

Afin de prendre de vitesse la trouille qui commençait à me grignoter les tripes, je renouvelai mon geste. Par trois fois, et plus fort. Trop fort, sembla-t-il, car la porte que j'avais crue verrouillée mais qui n'était que poussée s'entrouvrit sous le dernier coup.

« Y a quelqu'un ? »

Ma voix me parut étrange. Tout comme le fait qu'il n'y ait personne à l'intérieur.

« C'est moi ! Billy ! Bill Brentwood ! » lançai-je pour me rassurer.

Rien. *Ce coup-ci, vieux, reste qu'à filer, et vite.*

J'entrai pourtant.

Déjà, je me trouvais au milieu de la pièce, détaillant avec une curiosité avide les maigres effets de l'hôte de ces lieux disséminés au petit bonheur sur le mobilier de fortune. Trois fois rien, si l'on excepte la vieille boîte à cirage servant de cendrier, l'amas de vêtements jetés sur un fauteuil de jardin, le couvert non desservi trônant sur la caisse faisant office de table et la petite radio à piles posée à côté, antenne dépliée. Rien de bien exaltant, en somme.

J'accrochai alors du regard un objet d'une banalité effarante, mais que je ne m'attendais pas à trouver ici.

Le cahier, un cahier d'écolier, la moitié de la couverture arrachée, la partie restante rafistolée avec du ruban adhésif jauni, les feuilles cornées, auréolées de taches brunâtres, semblait avoir été posé sur le rebord de la fenêtre depuis des temps oubliés. Vu son état, j'aurais parié qu'il provenait d'un recoin poussiéreux de la remise où les visiteurs successifs de la demeure l'avaient royalement abandonné à son sort.

Curieusement, alors que la vue du papier, l'odeur d'encre, avec ce que cela impliquait de tourments, l'école, les profs, les leçons, me mettaient d'habitude au martyr, voilà que la présence de ce cahier me fascinait.

Aussi, je m'en approchai et, du bout des doigts, comme on manipule une relique sacrée, je soulevai le lambeau de couverture.

Dans le silence et le fracas,
Dans les rires et dans les larmes,
Dans le courage et dans la peur,
Dans l'espoir et dans l'effroi,
Parle-moi. Parle-moi.
Dans la joie et la douleur,
Dans l'amour et dans la haine,
Dans la paix et la fureur,
Dans la vie et dans la mort,
Parle-moi. Parle-moi encore…

Qu'est-ce que ça voulait dire ? Que pouvaient bien signifier ces quelques lignes tremblées, hérissées de mots simples et si mal formés ? Se trouvait-il plus loin une indication qui permette d'identifier l'auteur de ces lignes, de les attribuer clairement à Jim ?

Sans m'attarder sur le contenu des textes que le cahier, pour un bon tiers, abritait entre ses pages, je m'appliquais à le feuilleter lorsque l'un d'eux, plus étoffé, retint mon attention. Alors que les autres s'apparentaient à ce que l'on m'avait appris à reconnaître comme de la poésie, celui-là ressemblait à un récit. Dans lequel, après un bref coup d'œil sur la cour déserte, je plongeai aussitôt.

Merde, les gars, vous êtes partis les oreilles pleines encore du rire des gamins qui nous avaient accueillis, bercés par l'illusion de paix qui régnait dans ce village.

Votre dernière image de ce monde aura été une offrande, un grand panier de riz pour apaiser votre faim. Et le sourire de la vieille femme qui vous le tendait.

Moi, mes oreilles bourdonneront à jamais du bruit de l'explosion.

Mes yeux reverront sans cesse vos corps déchiquetés.

Et je garderai jusqu'à la fin de mes jours, au fond de mon âme, vivante, tellement vivante, la douleur de vous avoir survécu.

Et vos trois noms, gravés dans mon cœur pour l'éternité, en lettres de feu.

Des bruits de pas, sur le perron, m'alertèrent. D'un saut, je m'écartai de la fenêtre pour me retrouver, bras ballants, bêtement figé face à la porte dans le cadre de laquelle le géant venait de s'inscrire.

Les bras chargés de petit bois, pas plus préoccupé de ma présence que de celles du lit ou du fauteuil en plastique blanc, il avait traversé la pièce sans marquer d'arrêt pour venir déposer son fardeau à l'angle du rectangle clair figurant l'emplacement du fourneau, à deux pas de moi.

« Salut, Billy ! » dit-il doucement, accroupi près du fatras de bois qu'il s'affairait à mettre en tas.

« Salut !

– T'es pas à l'église ? »

Si j'avais alors compris ce que je ne pouvais encore que ressentir, j'aurais sans doute répliqué que, d'une certaine manière, j'y étais. *Dieu est partout.* Au lieu de quoi, comme pris en faute, je ne parvins qu'à secouer la tête en rosissant.

« Bon, allez ! lâcha-t-il. Je finis juste ce que j'ai commencé et on s'envoie un Coca ! Ça te dit ? »

Je me contentai d'acquiescer d'un clignement de paupières et le regardai s'élancer sous la pluie battante vers son pick-up, en soulever la bâche et saisir à bras-le-corps un fourneau en fonte à trois foyers, en forme de trèfle, semblable à celui qu'utilisait ma grand-mère et relégué, depuis sa mort, dans la remise où il achevait de rouiller. Maintes fois, ma mère avait demandé à mon père qu'il nous débarrasse de ce tas de ferraille, à quoi il répliquait dans sa barbe qu'il s'était cassé les reins une fois pour l'y mettre et que rien ni personne ne le contraindrait à l'en bouger.

Or, voilà que Jim Lamar trimballait ça sans paraître produire un effort supérieur à celui qu'il avait déployé tout à l'heure avec son tas de bois. Si la démonstration de force ne manquait pas de m'impressionner, le sentiment de culpabilité qui m'envahit après qu'il eut logé son fourneau de fortune sur l'aire précédemment occupée par la superbe cuisinière de ses parents – sur laquelle mijotaient à présent les fameux ragoûts de maman – fut d'une violence telle que je regrettai soudain que cette maison, toute cette maison, avec sa mémoire, ses stigmates accusateurs, n'ait pas été victime, châtiment suprême, d'un geste fou et définitif.

Dire qu'il aurait suffi d'un peu de paille et d'une allumette pour effacer les traces de ce crime qui, à la moindre occasion, revenait me tourmenter.

« Tiens ! » dit-il en m'offrant l'une des deux bouteilles que je l'avais vu piocher dans une grande glacière à côté de l'évier.

« Merci... »

Un doux sourire avait illuminé ses traits. Son visage ne s'animait qu'en de rares occasions. De fait, sa peau étonnamment lisse pour un homme de trente-trois ans ne s'ornait de quelques ridules au coin des yeux et de deux arcs à peine marqués dans la tendresse des joues que lorsque, comme à présent, les lèvres étirées, toujours soudées, il souriait. Tout le reste, la somme de ses émotions, passait par une gamme d'inflexions des sourcils aux nuances si subtiles que pas un pli, le moindre sillon, ne distinguait, la taille mise à part, son front du mien. Jim Lamar, c'est sûr, n'était pas du genre expressif.

« Tu aimes la poésie, Billy ? » dit-il doucement en s'asseyant au bord du lit étroit.

Instinctivement, j'avais tourné les yeux vers le cahier ouvert avant de revenir sur lui qui, penché pour saisir son paquet de cigarettes, paraissait ne s'être aperçu de rien. Il en avait allumé une, tiré une taffe et bu une gorgée de Coca avant que je m'enhardisse à un semblant de réponse.

« Je sais pas. »

Canette et Lucky d'une main, il m'indiqua, de l'autre, le bout de lit vacant sur sa gauche.

« Reste pas debout, comme ça ! Viens t'asseoir ! »

Je m'exécutai.

« Tchin ! fit-il en élevant dans ma direction la petite bouteille. Ça ne me disait pas grand-chose non plus, à ton âge ! Pour moi, la poésie, la littérature, c'était du vent, des trucs d'intellos, de glandeurs, des gens qui se faisaient des nœuds avec les poils de leur nombril au lieu de bosser comme tout un chacun ! Tu vois le tableau ? »

Il m'avait jeté un petit regard du coin de l'œil, un de ses regards maison, mi-amusé, mi-triste, l'un ne l'emportant jamais sur l'autre, le genre d'attitude qu'il vous revient d'interpréter et qui, selon votre état d'esprit, se traduit par de la complicité ou de la déception. Un peu rasséréné par le tour que prenaient les choses, je m'en tenais à la première des deux options.

« Ouais ! continua-t-il doucement en se penchant pour écraser son mégot dans la boîte à cirage. Sauf que j'avais tort, Billy. Foutrement tort ! »

Ce coup-ci, il ne m'avait pas regardé, pas souri, rien. Les yeux braqués droit devant lui, il semblait loin de moi, loin de tout.

« Ce qu'on nous rabâche au collège, c'est que les écrivains, les poètes, sont des gens exceptionnels qui méritent notre admiration et notre respect parce que pour écrire les textes qu'on nous demande de réciter par cœur, être né d'un homme et d'une femme n'explique pas tout. Il faut du génie, un talent tellement particulier que celui qui le possède s'extrait de la masse pour devenir une sorte de dieu ou d'extraterrestre. Du coup, leurs œuvres deviennent des livres sacrés qu'il faut manipuler avec dévotion et vénérer comme il se doit. Certains le méritent, je ne dis pas le contraire. Mais quand tu as douze ans, que tu es né au fin fond du Missouri, de l'Alabama ou du Kansas, ce genre de discours te donne l'impression que c'est réservé à des mecs qui en ont sous le capot, des gars de Boston, New York, L.A., des types qui deviendront avocats, journalistes ou profs et qui, en attendant, ne passent pas leur temps à travailler la terre avec leur paternel, à traîner avec leurs copains ou à pêcher dans le Mississippi. Ceux-là ne pourront jamais saisir la subtilité d'une pensée, la portée d'une philosophie ou la puissance d'un poème. Et encore moins en écrire. T'es pas de mon avis, Billy ? »

J'étais éberlué. À part les professeurs de Bunsbury, et encore, pas tous, j'avais rarement entendu quelqu'un parler si bien et si longtemps. Mais surtout, que cela vienne d'un type de chez nous, ancré dans un quotidien de labeur, voilà qui ne manquait pas de m'épater. Jimmy, bien sûr, avait vécu une parenthèse dans ce schéma linéaire, mais pour le peu que je savais de la guerre, je n'imaginais pas ce genre d'expérience susceptible de transformer un bonhomme de la sorte.

Pour le reste, je dois avouer que si j'avais compris, en gros, le sens de son propos, il ne m'inspirait guère de commentaires.

« Moi, j'aime bien Huck Finn ! »

J'avais dit ça sans réfléchir, comme on se jette à l'eau pour prouver le contraire à quelqu'un qui vous soupçonne de ne pas savoir nager.

« Hmm ! Moi aussi ! » fit-il en hochant mollement la tête.

Dehors, la pluie avait perdu de sa vigueur. Peut-être même qu'elle avait cessé. Plus un bruit sur le toit ni dans la cour.

Pas un son non plus dans la pièce où, depuis qu'il avait dit *moi aussi,* Jimmy, les yeux rivés au cahier, se taisait.

« C'est vous qui avez écrit tout ça ?

Je l'entendis se racler la gorge et toussoter avant de se tourner à nouveau vers moi.

« Plus tard Billy. Promis ! »

Je n'en demandais pas tant. Après tout, cette histoire ne me concernait pas. Si je l'avais mise sur le tapis, c'était pour meubler, combler le vide que le silence de Jimmy avait creusé.

Peut-être aussi pour distraire mes pensées des images de douleur et de mort que mon père m'avait collées dans le crâne et qui, dix jours durant, je devrais dire dix nuits, n'avaient cessé de clignoter, une fois la lumière éteinte, sous la prunelle de mes yeux clos.

« Tu sembles bizarre, aujourd'hui. Quelque chose ne va pas ? »

Je me limitai à secouer la tête avant de feindre de m'intéresser au ciel plombé de l'autre côté de la fenêtre.

Jim devait m'observer en se disant que je faisais tout pour éviter de lui faire face, que j'étais vraiment un drôle de petit gars qui ne sait pas ce qu'il veut, gentil comme tout un moment et tronche de lard celui d'après.

Je sentais bien que j'aurais dû répondre quelque chose, n'importe quoi, un truc sympa, ne pas m'enferrer dans ce mutisme idiot, mais je ne savais pas encore comment on s'y prend, ce qu'il faut dire à quelqu'un contre qui on n'a aucun grief, bien au contraire, à qui l'on ne veut que du bien et que l'on évite pourtant depuis dix jours.

Il fallait que je parle, bien sûr. Mais par où commencer ?

« C'est mon père ! » lançai-je en désespoir de cause.

Il s'était arrêté tout net et, les yeux écarquillés, me dévisageait avec une réelle inquiétude.

« Il m'a raconté des trucs que des gars ont fait là-bas ! »

Je n'avais pas précisé qui ni où mais, à voir la tête de Jim, l'abîme qui subitement s'était ouvert dans son regard, il ne faisait pas le moindre doute que l'information se suffisait à elle-même.

« C'était moche ce qu'il t'a raconté, ton père, pas vrai ? Affreux, bien dégueulasse, le genre de truc qui donne envie de hurler, hein, Billy ? C'est ça qu'il t'a raconté ton père ? »

Au bout d'une minute longue comme trente, son regard de néant quitta mon visage pour dériver quelque part sur ma gauche, vers la porte large ouverte et sans doute bien au-delà.

« Ouais, ce que des gars ont fait là-bas, reprit-il tout bas, de belles saloperies, Billy, des putains de saloperies, bien pires que ce que ton père a pu te raconter ! Mais y a autre chose, aussi, qu'il t'a pas raconté, parce que ça, pour le savoir il faut l'avoir vécu, jour et nuit et des mois durant, l'avoir charrié partout sans jamais parvenir à s'en débarrasser. Une chose qui, une fois qu'elle t'a mordu, ne te lâche plus, reste ancrée dans ta chair jusqu'à ton dernier souffle, une maladie que tous ceux qui sont allés là-bas ont chopée et contre laquelle il n'existe ni traitement, ni vaccin et qui, sans rien excuser, explique tout !

– Qu'est-ce que c'est ? » précipitai-je tandis qu'il marquait un long silence, comme si ce truc était si terrifiant qu'il hésitait à en prononcer le nom.

Je me souviens avoir compris de quoi il retournait à l'instant même où ses yeux revinrent sur moi tant ils en étaient chargés.

« La peur, Billy ! La peur ! »

Pour moi, à treize ans, ce qui différenciait la lopette du gars qui en avait dans le pantalon, ce n'était pas le fait d'avoir ou non la frousse, mais de savoir, ou pas, dissimuler ses émotions. Au sein de la petite communauté d'enfants de Stanford, je jouissais d'une aura particulière parce que je pouvais me déplacer sur le faîte d'un toit, grimper plus haut dans les arbres ou encore nager plus loin et plus longtemps que n'importe lequel d'entre nous. *T'as pas eu peur ?* me demandait-on au terme de l'un de mes exploits. *Peur de quoi ?* répondais-je avec un petit sourire espiègle, histoire d'en rajouter. Mais les risques que je prenais étaient toujours calculés.

Or, ce que je lisais dans les yeux de Jimmy n'avait rien à voir avec le sentiment que j'avais expérimenté. C'était quelque chose d'autre, quelque chose de poisseux, quelque chose qui fait mal, qui fait honte, que rien n'efface jamais.

Et pourtant, cette chose que je ne parvenais pas à identifier, Jimmy me l'avait laissé entrevoir avant, comme accablé par le poids de ce terrible aveu, de passer une main dans mes cheveux et de lâcher, grave, presque douloureux:

« Si on allait faire un tour ? »

8

Aussi loin que porte le regard, tout était de la même uniforme couleur verte. Un océan de maïs, plat comme la main, à perte de vue. De temps à autre, un souffle d'air, pas grand-chose, à peine le soupir d'un des enfants d'Éole dans son sommeil, glissait sur la plaine tel un léger frisson pour rompre la monotonie du paysage. Et puis, à nouveau le calme, l'immobilité, le silence. Comme celui qui venait de retomber dans le camion.

Où étions-nous, je n'en savais rien ! Au bout d'un petit chemin de terre, quelque part au nord de l'État. Je m'étais laissé emporter, simplement, sans poser la moindre question.

Depuis qu'il m'avait fait grimper dans le pick-up, Jim n'avait pas dit un mot. Il en avait été ainsi tout au long de ce voyage sans but, de routes en chemins choisis au hasard, jusqu'à ce cul-de-sac où, faute de pouvoir rouler encore, nous avions fait halte.

Le même silence, une heure durant, et je crois bien que je l'aurais supporté indéfiniment si Jim, calé dans son siège, les deux mains arrimées au volant, le regard braqué droit devant lui, ne l'avait rompu, sans heurt, comme si, un instant distrait par le passage d'un oiseau ou un lointain roulement de tonnerre, il reprenait le fil d'un monologue brièvement suspendu.

« Peu de temps après mon retour, j'ai vu un reportage sur les mères des soldats disparus. L'une d'elles espérait ardemment que son fils était quelque part, blessé, prisonnier peut-être, qui sait, mais qu'on finirait par le retrouver, qu'il lui reviendrait. C'était tout ce qui lui restait, l'attente. Attendre une lettre, un appel téléphonique, un signe de lui ou du gouvernement lui annonçant que ça y était, le petit était entre leurs mains, qu'il allait bien et qu'il serait bientôt de retour au pays, à la maison. Elle ne regardait plus la télévision pour ne plus voir les autres parents accueillant, en larmes, les restes de leur enfant dans un beau cercueil orné de la bannière étoilée, ne plus entendre les commentaires quotidiens sur le nombre des victimes, les conditions de leur disparition, ne plus rien savoir de ce qui se tramait là-bas. Des amis regardaient les images pour elle, au cas ou ils reconnaîtraient, noyé dans la foule, sur un lit d'hôpital, le jeune Talby, ou Colby, que sais-je, mais pas elle, ni son mari qui ne quittait plus guère le canapé du salon.

« Jusque-là, malgré l'immense chagrin qui la bouffait à petit feu, cette femme avait offert, cinq minutes durant, cinq interminables minutes, l'image d'une dignité exemplaire, un regard transcendé par un espoir irraisonné et magnifique, au point de l'incarner pour l'offrir à toutes les mères des soldats disparus suspendues à ses lèvres, à ses yeux tristes et las d'avoir tant veillé un regard qui disait : *Faites comme moi ! Tenez bon !*

« Au début de son témoignage, elle avait expliqué que deux sentiments opposés l'habitaient. D'un côté, l'espoir, qu'elle tentait d'entretenir vaille que vaille. De l'autre… Celui-là, elle faisait tout pour ne pas y songer. Mais le journaliste qui l'interrogeait n'était pas satisfait. Il lui en fallait plus. Et à la dernière question, le misérable avait tenté de la mettre à genoux, de la livrer à la compassion poisseuse des téléspectateurs. Alors, cette femme avait relevé la tête et, armée d'un petit sourire vaillant, réaffirmé son credo, l'espoir. »

Sans bouger d'un pouce, les deux mains toujours agrippées au volant, les épaules basses, Jim parlait lentement, d'une voix égale, sans se soucier du soleil qui, perçant les nuages, cognait à présent sur le camion comme un marteau de forge, de la chaleur dedans, du monde autour et peut-être même du gamin à ses côtés qui n'avait d'yeux et d'oreilles que pour lui.

« Quand j'ai éteint la télévision, j'étais fou de rage. Quel salaud, ce journaliste ! Et pourtant, j'aurais dû exulter parce que après tout, il avait échoué et même, grâce à sa veulerie, la grandeur de cette femme s'était révélée. Quand j'ai compris ça, je me suis mis à rire, et plus je riais, plus je sentais la colère gonfler en moi, au point que je ne parvenais plus à aspirer l'air nécessaire pour alimenter mon rire, qui s'étranglait peu à peu. Et puis, tout est devenu noir. Quand je me suis effondré, que j'ai touché le sol, que l'air de cette putain de chambre s'est engouffré dans ma poitrine, tellement d'air, j'ai pensé que j'allais éclater. Alors, ce n'est plus un rire qui est sorti de moi mais un cri, pareil à d'autres que j'avais entendus souvent, des hurlements de bêtes poussés par des hommes, mais qu'est-ce que ça change, la même souffrance, la même douleur, la même peur. Là-bas, ça disait toujours ça : *J'ai mal. J'ai peur. Pourquoi ? Pourquoi ? J'ai mal, j'ai peur. Pourquoi ?*

« Et les autres, à côté, qui ne voulaient pas entendre, qui ne pouvaient plus entendre cette scie qui résonnait dans leur tête, qui se propageait dans tout leur corps, au plus profond de leur âme et qui se bouchaient les oreilles en essayant de brailler plus fort, qui vidaient leur chargeur sur les arbres, au ciel, qui devenaient fous : *Ta gueule, putain, ta gueule, ferme ta gueule, crève, putain, crève… crève…* »

Son souffle s'était raccourci, sa voix, d'ordinaire si paisible, s'était mise à marteler les mots qui sortaient de sa bouche un peu cabossés. Peut-être que s'il s'était emporté, s'était mis à frapper du plat de la main le volant qu'il se contentait simplement de serrer un peu plus fermement, peut-être bien, alors, que j'aurais plongé dehors, dans l'océan de maïs, au risque de m'y noyer. Au lieu de quoi je ne bougeais pas d'un pouce, fasciné par cette violence brute.

« C'était ça que ça disait là-bas : Pourquoi moi ? Il pleut des balles de partout, y a des mines, des pièges, des Viets de partout, il tombe des bombes, les nôtres, du napalm de partout. Jusqu'à présent, je suis toujours passé à travers, tout est toujours tombé à côté, sur un arbre, un autre con de troufion, alors pourquoi moi ? Et puis pourquoi je suis pas à dix mille miles d'ici, à siroter une bonne bière bien fraîche avec les copains en commentant le match de la veille, comment ce foutu Dave Whatsit a marqué quinze points sans avoir l'air d'y toucher, et les balles foireuses de cet emmanché de Bobby Brown ? Pourquoi je suis pas en train de balader ma p'tite Vicky dans la tire de mon vieux, on roulerait jusqu'au fleuve, jusqu'à la baie, n'importe, et quand on s'arrêterait, je la serrerais bien fort, sans rien attendre de plus, juste histoire de lui faire sentir comme je l'aime, comme j'ai jamais su lui dire, comme je ne le savais pas moi-même ? Maintenant, je le sais, je l'ai compris. Alors, pourquoi je suis pas au pays où je pourrais lui dire mieux que dans ces lettres où je peux pas écrire trois lignes sans faire de fautes ? D'ailleurs, pourquoi je suis pas allé à l'école plus longtemps ? Pourquoi mes parents y sont allés encore moins que moi ? Et ceux de mes copains ? Pourquoi c'est toujours les mêmes qui ont peur, qui souffrent et qui crèvent sur les champs de bataille ? Pourquoi c'est toujours les mêmes qui se demandent pourquoi ? »

Je le vis déglutir, sa grosse pomme d'Adam saillante monter et descendre avec peine. Je vis son regard glisser vers ses pieds, errer de gauche à droite comme s'il cherchait quelque chose. À aucun moment Jimmy n'avait jeté un seul coup d'œil vers moi. Pas même à présent où, pour la première fois depuis que nous nous étions arrêtés, il avait abandonné sa pause, les doigts crispés sur le volant, pour allumer une cigarette.

« Ce genre de questions, on se les posait tous. Chacun dans sa tête, chacun les siennes... Et puis vient le jour où on te retire du jeu, et sitôt qu'on te fourre dans l'avion à Tan Son Nhut, retour direct pour le pays, dès que tu cales tes miches dans ce zinc où tu sais que tu n'as plus rien à redouter, tout s'arrête, la boîte à questions se referme, plus hermétique que les cercueils des copains scellés au plomb qui font le voyage avec toi, empilés dans la soute. Même ça, ça te laisse froid. C'est pas que tu t'en fous, mais c'est comme ça, ça fait partie de l'histoire, une histoire qui s'est terminée, pour eux, pour toi, qui continue sans vous. »

Les derniers mots s'étaient échappés en même temps que la fumée de la dernière bouffée qu'il avait tirée de sa cigarette. Le temps de l'écraser consciencieusement sur la carrosserie de la portière, il reprenait.

« Quelques heures plus tard, dans les jours qui suivent, la machine se remet en route et la plupart des pensées qui t'assaillent se terminent par un point d'interrogation. Ton esprit fourmille à nouveau de questions, mais toujours au présent, des questions liées au quotidien, au soir à venir, au lendemain matin. Où je vais pioncer ? Où je vais trouver un job ? Comment je vais m'y prendre pour faire durer un peu le fric que j'ai dans ma poche ? Ton horizon se limite à ça, ce soir, demain... C'est pas que tu refuses de voir plus loin, c'est juste comme un rêve dans lequel tu évolues pas à pas, quelque chose d'irréel, une sorte d'espace parallèle dans lequel tu as pénétré si naturellement qu'il te semble que c'est la suite logique de ton chemin, que c'est ta vie, que ça a toujours été ta vie, qu'il n'y a rien d'autre, qu'il n'y a jamais eu rien d'autre et que, quoi, si ton passé c'était ça, eh bien, ton avenir c'est ça aussi. En quelques jours, tu trouves un job de serveur dans un bar de nuit, tu dégotes une piaule dans un motel quelconque, tu développes des relations banales avec des gens normaux, tu manges, tu bois, tu dors, tu rencontres des filles... Tu vis, quoi, et tu es très content comme ça. Et ça dure, des semaines, des mois. Quand tu allumes la télé, les soirs où tu ne travailles pas, tu t'arranges toujours pour ne regarder que les émissions de divertissement, les sitcoms, les films, les jeux les plus débiles, jamais les news, jamais les talk-shows, que tu zappes vite fait. Un soir, tu tombes sur l'un d'eux et, va savoir pourquoi, ton doigt hésite cette fois à écraser la touche de la télécommande. Qu'est-ce qui te retient ? Le visage de la femme, filmée en gros plan, qui occupe toute la surface de l'écran ? Tu ne la connais pas ! C'est pas Miss Monde ! Et pourtant, elle te captive, te fascine, au point que tu ne parviens pas à changer de chaîne. Et puis, tu comprends qui elle est, de quoi elle parle, et tu saisis que ce qui te l'a rendue si familière ce sont ses yeux, ce qui les habite, la tendresse, la bienveillance, l'amour, une foule de sentiments communs à tous les hommes mais qui ne se trouvent réunis que dans le cœur de certains... »

Jimmy s'était tu, mais ses lèvres, comme entraînées par le flux des souvenirs, modulèrent un court instant quelques syllabes muettes.

Soudain, un coup de vent, aussi bref que brusque, traversa le camion de part en part, brassant à peine l'épaisse nappe dans laquelle nous mitonnions. Je sentis le poids de l'eau dans mes sourcils et la sueur qui empesait mes cheveux, mes vêtements, jusqu'à mes chaussettes.

« Cette femme, c'était la mère universelle, la mère de tous les soldats du monde, de tous les gars que j'avais connus là-bas, de tous les nôtres et de tous les autres aussi, de ces petits hommes en pyjama noir qui mouraient par milliers, en grappes, réduits, parfois, après un lâcher de napalm, à un bout de caoutchouc informe... Ouais, leur mère, à eux aussi, la mère de tous les soldats de tous les camps, de tous ces gars qu'on balance dans les rizières, dans les déserts, sur les mers, qu'on rend fous, dont on fait des assassins et des victimes, des bourreaux et des saints. La voir, ce soir-là, a ouvert en grand une porte que j'avais fermée en quittant le Vietnam, derrière laquelle je savais qu'il y avait quelque chose de dangereux, mais dont je n'avais cependant rien à redouter du moment que la porte était solide, qu'elle était fermée et que, de toute manière, j'étais sûr d'en avoir perdu la clé. Derrière se trouvaient tous les souvenirs, tous les détails de ce qui fait une vie, et cette vie, c'était la mienne. Le cri que je poussais, ce soir-là, ressemblait bien à ceux que j'avais entendus. Lui aussi voulait dire : Pourquoi ?

« Pourquoi j'avais fermé cette porte, jeté aux oubliettes vingt et quelques années d'une vie ? Pourquoi nous, qui avions quitté le pays en fanfare, comme des héros, les sauveurs du monde libre, étions-nous revenus aussi discrètement que possible, presque en catimini, ignorés par les politiciens, méprisés par ceux qui après l'avoir soutenue avaient fini par avoir honte de cette guerre, insultés par des gamins de notre âge qui en étaient venus à prendre fait et cause pour ceux que nous avions combattus ? Que s'était-il passé entre-temps ? Qu'avions-nous fait d'autre que ce pour quoi on nous avait envoyés là-bas : tuer et nous faire tuer ? Une armée de gosses auxquels on a confié le sale boulot, des Blacks, des prolos, des bouseux, cette catégorie d'hommes qu'en temps de paix on appelle le peuple, et dont on fait, quand l'occasion se présente, des soldats, de la chair à canon. »

Sur ses dernières paroles, j'avais senti sa voix tanguer comme une barque prise dans les remous d'un fleuve tourmenté. Et je le regardais, pareil au spectateur qui, de la rive, voit l'embarcation prête à sombrer et sait ne rien pouvoir tenter pour éviter le naufrage. Mais Jimmy connaissait bien ce fleuve, ses pièges, ses écueils, et alors que je craignais le pire, il s'était retranché, d'un coup de rame, dans les eaux lisses d'une anse abritée.

Après deux longues, profondes respirations, il reprit sur un ton égal :

« Moi, je n'aurais pas demandé mieux que de rester ici ! Là-bas, quand ça allait vraiment mal, que les autres priaient, parlaient à leur fiancée, appelaient leur mère ou restaient prostrés, comme en chute libre, ce qui m'aidait à tenir, moi, c'était ce foutu coin de Missouri, la ferme, le Mississippi, les parfums de la maison, le café tout juste broyé dans le vieux moulin en bois, les oignons frits, les œufs au bacon, les tartes aux noix de pécan, les beignets de choux-fleurs, les ragoûts, tout ce qui mijotait dans cette cuisine où il se préparait toujours quelque chose, et même l'odeur de cire, que je détestais gamin, tout ça revenait si fort que d'un coup, l'horrible goût de métal, de poudre, de tabac, de cendres froides qui me collait à la langue, cédait. La peur, les larmes, le sang, la mort, n'avaient plus d'importance, n'existaient plus.

« Et à chaque fois, toujours pareil, c'était l'image de ma mère qui finissait par l'emporter. Ma mère aussi douce que mon vieux était dur, si douce que me frotter à son souvenir suffisait à me faire croire qu'il y avait encore de l'espoir, que le monde n'était pas aussi irrémédiablement sale et cruel. Je me disais que tant qu'il y aurait des gens comme elle, rien ne serait vraiment perdu, il resterait une chance, une toute petite chance de voir se lever un jour meilleur. Il faut croire qu'il viendra ce jour, me disait une petite voix, sa voix, qui ne s'élevait jamais très haut, qui ne criait jamais, il faut y croire ! Mais comment faire ? Et la petite voix reprenait : Il faut y croire parce que c'est le seul moyen ! D'accord, maman, d'accord ! Au milieu des explosions, de la mitraille, du vacarme des combats, d'accord ! Les oreilles pleines de bruits, de cris, de hurlements, d'accord ! Dans le silence de la jungle, terrifiant, mortel, d'accord ! Dans la boue, le sang, la folie, l'horreur… Non, désolé. Je peux pas, j'y arrive plus ! Et la voix, celle qui apaisait le petit garçon réveillé en sursaut par un vilain cauchemar, celle qui cajolait le gamin battu en lui certifiant que le vieux n'était pas méchant, mais malheureux, et que lorsqu'il buvait, l'alcool faisait déborder tout ce malheur, et qu'il fallait lui pardonner parce que c'était le seul moyen de ne pas devenir aussi malheureux que lui, la même voix qui avait dit, sur le seuil de la maison, au jeune homme qui partait à la guerre : *N'oublie jamais qu'il y a deux sortes d'actes, ceux que nous devons faire et ceux que nous ne devons pas faire, que les premiers ne nous rendent pas forcément meilleurs mais que les autres nous détruisent à jamais !*, cette voix, alors se taisait. »

Depuis qu'il avait commencé à raconter, dans le désordre mais avec une régularité surprenante, son histoire, Jimmy avait souvent frôlé la chute, côtoyé l'abîme. Mais toujours, il avait su redresser la barre, se reprendre et repartir dans les méandres piégés de sa mémoire. Toujours, il était parvenu à s'en sortir. Toujours, sauf là.

Il s'était tu, son regard avait glissé d'un point indéterminé, quelque part entre le volant et le pare-brise, vers ses mains jointes entre ses cuisses, comme un homme en prière. Tandis que ses traits s'affaissaient, que ses lèvres serrées conféraient à son visage une amertume inédite, je vis perler à sa paupière les premières larmes, et les seules à ce jour, qu'un homme ait versé devant moi.

Sur le coup, je le reconnais, j'éprouvai un sentiment de gêne si intense que j'aurais voulu me dissoudre. Avec la puérilité d'un gamin de treize ans, je concevais la scène vue par un tiers. Un homme et un enfant, dans l'habitacle d'un pick-up chauffé à blanc, l'un versant, silencieux, de rares mais lourdes larmes sous l'œil rond de l'autre, pétrifié d'embarras.

Il me faudrait quelques heures pour que mon malaise se mue en une immense tendresse pour Jimmy. Et bien des années encore avant que l'adulte que je devins comprenne l'importance de cet instant, la portée de l'inestimable cadeau que lui avait offert cet homme en s'abandonnant ainsi.

9

Entre l'instant où Jimmy m'avait déposé à l'entrée de Stanford et celui où j'avais atteint la maison, dix minutes plus tard, je n'étais pas parvenu à me défaire du trouble profond dans lequel m'avait plongé sa terrible confession. Tant d'émotions inconnues se télescopaient dans mon esprit. Tout cela me tourmentait affreusement et, dans le même temps, je n'aspirais qu'à une chose, en savoir plus. Comme il me l'avait promis.

Et puis, j'étais entré.

Teddie, que je croisai dans le couloir alors qu'elle s'apprêtait à gagner l'étage, avait sa mine des mauvais jours, si tant est qu'elle en eut de bons. Si je dis qu'elle n'a guère changé depuis, je sais que cela la fera sourire car ma petite sœur, en dépit de son fichu caractère, est dotée d'un sens de l'humour aussi vif que féroce, mais il est vrai que cette gamine, du haut de ses huit ans, avec sa façon de vous couver de son regard aussi sombre qu'étaient clairs ceux des autres membres de la famille, semblait en permanence vous reprocher quelque méfait à son endroit. Qu'elle se sente victime du moindre soupçon d'injustice, que Kittie, soucieuse de préserver un peu d'intimité la rabroue, même doucement, que ma mère oublie, dans le branle-bas de combat du petit déjeuner, de lui servir ses grains de blé soufflés, que j'ébouriffe bêtement ses belles boucles dorées ou, tout simplement, qu'elle se lève du pied gauche, et alors, la journée durant et parfois celle qui s'ensuivait, vous aviez droit à tout ce qu'une duchesse offensée peut faire subir à son entourage comme marques de dédain.

Aussi, ce soir-là, la voir passer devant moi sans un regard, sans un mot, le menton haut et les lèvres pincées ne signifiait rien de bon.

Les odeurs de cuisine, quelque chose comme un ragoût ou des tripes au lard, rôdant depuis midi dans la maison, me mettaient au supplice. Le temps de faire un saut dans le salon pour informer ma mère que j'étais de retour, et je me ruerais sur le fourneau.

En apercevant Kittie, avant même d'y pénétrer, tristement assise sur une chaise, les mains croisées entre les genoux, tête basse et plus accablée qu'une pauvre chatte à qui on vient de retirer ses petits, un sombre pressentiment m'assaillit. Mon père, cependant, second à apparaître dans mon champ de vision, semblait étonnamment détendu, souriant même, installé dans son vieux fauteuil en cuir. Tout comme ma mère, debout, parlant avec volubilité à un tiers que le meuble de la télévision me dissimulait encore.

« Tiens, v'la l'fils ! » lança mon père avec une décontraction qui me fit froid dans le dos.

« Où étais-tu passé ? » s'inquiéta ma mère d'une voix pleine de reproches.

« Laisse-le donc ! Un gars d'son âge a b'soin d'un peu d'air ! Pas vrai ? »

Là-dessus, le vieux m'avait lancé une œillade et grimacé une moue complice dont j'étais seul à saisir le sens, mais que ma mère se crut toutefois en mesure d'interpréter.

« Je trouve que la bière te rend bien indulgent, toi.

– C'est pas la bière ! C'est ton frère ! » s'était-il exclamé avec un enthousiasme surjoué.

Avant de m'inviter, les mains tendues vers le canapé.

« Allez, Bill ! Dis bonjour à ton oncle Homer ! »

Oncle Homer. Je ne le connaissais pas. Je n'avais jamais entendu parler de lui. J'ignorais même que ma mère possédait en ce bas monde un quelconque parent. J'avais appris, bien des années auparavant, suite au décès de ma grand-mère paternelle, après que je me fus enquis benoîtement, à la manière des enfants, de l'existence de son équivalent maternel, qu'il n'y avait, de ce côté, rien à espérer. *Elle est au ciel, ma maman, et mon papa aussi, depuis bien longtemps !* avait simplement consenti à lâcher ma mère avant de détourner la tête.

Pour en savoir un peu plus, il me faudrait attendre d'être confronté à ce personnage dont la seule apparence expliquait peut-être une bonne part du silence qui entourait son existence.

Évoquer la distinction à propos des hommes de Stanford serait assez incongru. En vérité, je doute même que ce mot figure jamais dans le vocabulaire des gens du cru. Fiers, oui, ils l'étaient, de cette fierté un peu stupide que retirent les hommes de leur terre – la meilleure du pays –, de leurs racines – les plus fortes –, de leurs origines – les plus nobles, les plus pures, celles des conquérants, opiniâtres et valeureux, qui, au prix de leur audace, de leur sueur et parfois de leur vie avaient fondé une nation là où il n'y avait rien ou presque, si peu, quelques Indiens.

Fiers, oui, toujours, et dignes aussi, quelquefois.

À l'église, par exemple, durant l'office, pour un mariage ou un enterrement, raides, graves, tout drapés de noir et rasés de frais. Ou encore lorsque quelque calamité s'est abattue sur leurs récoltes, consternés et impuissants alors et, peut-être enfin, seulement, vraiment grands. Ici comme ailleurs, des hommes, simplement.

Des gens fiers et bornés, mais courageux, durs à la tâche, trimant pour tirer du sol de quoi faire vivre les leurs avec pour tout dernier souci d'être distingués. Aussi, non, ils ne l'étaient pas dans leurs salopettes souillées du cambouis des moteurs, leurs chemises à carreaux au col râpé par le poil rugueux des barbes de deux jours, aux boutons disparates ou manquants, rafistolées, rapiécées, pas toujours dans le même tissu, leurs casquettes délavées par le soleil, leurs lourds godillots crottés. Pas davantage dans des vêtements propres et en bon état, avec leur manie de se lécher la moustache, de s'essuyer la bouche avec le poignet, de se moucher bruyamment dans ce truc grand comme une serviette de table qui, roulé en boule, faisait une énorme bosse dans leur manche, de rire trop fort ou de péter sans discrétion. Des attitudes adaptées à leur environnement où les chichis collent mal avec les conditions de travail, où l'apprentissage de la survie passe bien avant celui du savoir-vivre.

Ces hommes-là, mon vieux et les autres, quels qu'ils soient, même les plus rustres, je ne les regardais pas comme des curiosités. J'étais des leurs et tout prêtait à croire, à l'époque, que je le resterais à jamais. Mais je n'en ignorais pas moins, pour en voir quotidiennement à la télé, qu'il en existait d'autres sortes, aux mœurs plus raffinées, bien mis et bien éduqués, usant d'un vocabulaire châtié, et autrement plus élégants. Des hommes à leur place, comme ceux d'ici étaient à la leur.

Celui que je découvrais ce jour-là, vautré plus qu'assis dans notre canapé recouvert d'un patchwork fait main, les jambes largement écartées, le tee-shirt crasseux remonté au-dessus du nombril, la bedaine débordant la ceinture de son pantalon de treillis, coiffé d'un chapeau de brousse australien d'où s'échappaient de longues mèches filasse, le nez chaussé d'une énorme paire de lunettes de soleil à miroirs et le reste du visage bouffé par une barbe de huit jours, Oncle Homer donc, ne correspondait à aucune des catégories d'hommes répertoriées dans mon jeune cerveau.

« Hello, garçon ! » avait-il lancé en tendant, sans se redresser, une main vers moi lorsque je fus à sa portée.

Alors que je glissais la mienne entre ses gros doigts moites avec réticence, Oncle Homer m'attira si brusquement que je manquai m'affaler sur son corps, me retenant de justesse de ma main restée libre au dossier du canapé.

« Bon réflexe, bonhomme ! » dit-il, levant la tête vers moi, nos deux visages séparés d'à peine vingt centimètres, de quoi apprécier à sa juste valeur la qualité de son haleine de buveur de bière.

Comme je m'efforçais de retenir mon souffle, Homer, souriant de toutes ses dents brunâtres, m'appliqua le même traitement qu'il avait dû réserver à chacune de mes sœurs, et qui expliquait leur attitude, en me pinçant la joue si fort que j'en gardais la marque la journée durant.

« Je sens qu'on va bien s'entendre, tous les deux ! » conclut-il en me rendant, enfin, ma liberté.

Si la scène que je venais de vivre me prouvait exactement le contraire, cette promesse me causa une telle frayeur que je me tournai instinctivement vers mon père. J'attendais de lui, sinon un démenti, au moins un bémol, une phrase du genre : *T'affole pas, ce type n'est là que pour quelques jours, prends ton mal en patience et bientôt tout rentrera dans l'ordre !*

Bref, je redoutais le pire.

Stan Stover, l'un des ouvriers de la ferme, alors âgé de vingt-sept ans, avait fait la connaissance, lors d'une visite chez des parents, à Chillicothe, d'une certaine Sandy. Ces deux-là s'étaient bien plu mais n'avaient guère eu l'occasion, depuis six mois, de se voir plus de deux ou trois fois. La dernière, trois semaines plus tôt, ils avaient décidé de régler le problème en se mariant. Stan travaillerait là-bas, dans le garage de son beau-père. À l'heure qu'il était, le garçon devait boucler le sac dans lequel il avait fourré le peu qu'il possédait.

Tout cela était bien beau mais causait du souci à mon paternel, qui, selon ses dires, avait déjà eu un mal de chien à dégoter le jeune Dennis quand le besoin s'en était fait sentir. Or, comme la vie fait bien les choses, voilà que, sublime cadeau de la Providence, Oncle Homer, jusqu'alors si cher au cœur de mes parents que jamais son nom n'avait été prononcé à la maison, vint à manifester le souhait de renouer avec les siens un lien trop longtemps distendu. Et mon vieux de l'accueillir les bras grands ouverts, lui offrant le gîte et le couvert, la tendresse d'un foyer, l'amour de sa sœur et, accessoirement, en paiement de menus travaux sur l'exploitation, un vague salaire. Le bonhomme qui vivotait à Saint Louis depuis la perte de son emploi chez Monsanto, *ces salauds qui m'ont viré comme un chien galeux après plus de quinze ans de bons et loyaux ser-*

vices, ne se l'était pas fait dire deux fois et, dans les trois jours qui avaient suivi, s'était retrouvé dans notre canapé, la panse garnie de tripes au lard, acquiesçant lourdement à chaque mot prononcé par mon père.

Oncle Homer vivrait donc désormais parmi nous, occuperait une sorte de débarras au rez-de-chaussée, à côté du garage, partagerait notre quotidien, notre espace, nos loisirs, nos repas, deviendrait ce que, théoriquement, il avait toujours été, l'un des nôtres.

En attendant, l'attitude de mes parents et la défiance irraisonnée que m'inspirait le bonhomme m'avaient tout bonnement coupé l'appétit.

Sous prétexte de récupérer chez Doreen Lane, une camarade de classe, un cours de mathématiques délivré durant mon absence et absolument nécessaire à la compréhension de celui du lendemain, je me défilai sous le regard envieux de Kittie, non sans essuyer une boutade de l'oncle, la première d'une longue série au goût toujours douteux, relative aux véritables intentions de ma visite à cette jeune fille. Si je n'y prêtais pas plus d'attention qu'elle n'en méritait, je m'étonnais toutefois que mes parents, ordinairement soucieux de la qualité des propos tenus sous leur toit, permettent à cet individu, fût-il le frère de ma mère, d'en réserver de semblables à l'adresse de leur jeune fils, et en présence de leurs filles.

Mais pour l'heure, ce qui m'importait, c'était de m'éloigner de la maison. Pas pour aller chez Doreen, où j'étais déjà passé la veille, ni chez mon cousin Humph, le malheureux, qui m'évitait comme la peste depuis notre dernière entrevue.

J'avais surtout besoin de dissiper mon malaise en le confiant à une oreille bienveillante, capable de m'aider à mettre un peu d'ordre dans le foutoir qui régnait sous mon crâne.

Au terme d'une petite heure de déambulations dans les rues de Stanford où je croisai quelques figures locales – Pete Dellwood, occupant, comme d'ordinaire, ses loisirs à traficoter le moulin de sa vieille Mustang, le docteur Bates, en balade avec son airedale-terrier, Andy « Buffalo » Warren, ancien champion universitaire de lancer de poids reconverti dans le catch, et l'inévitable Josh Carter venu, comme d'habitude, avec son regard de fouine et son sourire de benêt tordu, de nulle part et en route pour Dieu sait où –, je me retrouvai en vue de la maison d'Oncle Bob.

Alors que je longeais le jardin où il repiquait ses pommes de terre, il m'interpella et, devant mon air morose, s'enquit de ce qui se passait à la maison.

« De drôles de choses ! » lançai-je, bouillant d'impatience qu'il m'en demande plus.

« Du genre ?

– Tu connais Oncle Homer ? »

Si je dis que je le vis pâlir, ce serait sans doute exagéré, mais il n'empêche qu'Oncle Bob, au seul énoncé de ce nom, perdit sa traditionnelle sérénité.

« Me dis pas qu'il est chez vous ? »

La mine que j'affichais était plus explicite qu'une simple affirmation.

« Nom de Dieu, mais qu'est-ce qu'il fout là ?

– Papa l'a fait venir pour remplacer Stan Stover.

Oncle Bob me regardait avec la même incrédulité que si je venais de lui annoncer que les Martiens s'étaient emparés de Washington.

« Ton père a embauché Homer ? Il a perdu les pédales ou quoi ? »

Mon appréhension redoubla.

« Pourquoi ? C'est qui, ce type ? Qu'est-ce qu'il a fait ?

– Rien de grave. Disons que c'est juste… juste un con, quoi ! Un foutu con ! »

Puis, ayant souligné son assertion d'un long regard désolé :

« Je finis la ligne que j'ai commencée et on se boit quelque chose de frais, d'accord ? »

Vingt minutes plus tard, nous étions assis côte à côte sur le vieux banc de bois gris adossé à la façade de bardeaux bleu pâle de sa maisonnette. Le grand verre de mélasse à l'eau au bon goût de réglisse, englouti en trois gorgées, n'était plus qu'un doux souvenir et le soleil qui avait tapé fort toute la journée se nappait maintenant, à l'ouest, d'un voile de brume mauve. Oncle Bob, sirotant sa bière à grandes gorgées semblait chercher à remettre en place les morceaux d'une histoire éparpillée dans sa mémoire.

« Dis-moi, Billy : qu'est-ce que tu sais des Muller ? avait-il enfin lâché avec une moue perplexe.

– À part que c'est le nom de ma mère, rien !

– Du tout ? » s'enquit-il, subitement ragaillardi.

Je confirmai d'un mouvement de tête.

« Bon, ben alors, le mieux, c'est de commencer par le début ! »

Le début du début, les racines de la famille ancrées dans le sol rhénan que d'innombrables générations de mes aïeux avaient retourné en tous sens, Oncle Bob, bien sûr, ne pouvait pas le connaître. Remettre à jour ce passé lointain, rembobiner le fil d'Ariane de ma généalogie européenne, extirper un à un de l'oubli les noms et prénoms de mes ancêtres, ce travail fastidieux, exaltant, émouvant, m'incombait. Deux décennies plus tard, l'octroi d'un poste à Francfort m'offrirait l'opportunité de l'accomplir in situ.

Non, le début connu par Oncle Bob de la saga des Muller correspondait avec le départ d'Allemagne, en 1852, du vieux Hans et de ses deux fils, Wilfried et Julius.

Au terme d'un éprouvant voyage de sept semaines entre Le Havre et La Nouvelle-Orléans, avec une vieille malle pour tout bagage et, serrés dans la doublure de son manteau, les trois pièces d'or que lui avait rapportées la vente de sa ferme, le vieux Hans posait enfin le pied sur la Terre promise. Tout ce à quoi il ne pouvait prétendre, là-bas, loin déjà, dans la vieille Allemagne – la respectabilité, la richesse –, la jeune Amérique le faisait miroiter comme une promesse tangible.

Dès son arrivée au sein de la communauté allemande de Saint Louis où il trouva accueil et soutien, il s'affaira sans perdre un instant à creuser les fondations d'un empire qu'à sa mort, ses fils et les générations suivantes finiraient d'édifier. Ce qu'ils firent on ne peut mieux puisque cinq ans à peine après avoir touché le sol de leur nouvelle patrie, les deux fils Muller faisaient figure de notables.

Entre-temps, las de boire de la mauvaise bière avec, pour seules alternatives du rhum pas fameux, du gin dégueulasse ou de l'eau-de-vie à vous déchirer les boyaux, Wilfried et Julius avaient entrepris, pour leur consommation personnelle, de brasser le houblon à la mode de chez eux. Un pur délice, semble-t-il, dont d'autres, très vite, aspirèrent à remplir leurs chopes. Au terme d'une poignée de mois, le petit atelier s'était ainsi mué en une belle brasserie soumise à un développement continu. La *Muller's Bro.*, bière blonde délicatement aromatisée à la fleur de houblon que l'on trouve aujourd'hui dans tout le Middle West en canette d'aluminium bleue et jaune, était née ! Et en 1917, Hans, troisième du nom et seul héritier de la dynastie, se retrouvait à la tête de quatre brasseries.

Tout allait basculer avec l'entrée en guerre des États-Unis dans le conflit devenu mondial. La firme, à l'instar d'une large partie de la communauté allemande d'Amérique, subit alors les foudres d'un patriotisme exacerbé. Boycott et mise à l'index compromirent des affaires déjà passablement ébranlées par la campagne prohibitionniste lancée depuis près d'un siècle. Là-dessus, victoire des Alliés sur les Teutons, liesse générale et, patatras, dans la foulée, vote, deux ans plus tard, du 18ᵉ amendement.

Lorsqu'au terme de douze années de vaches maigres, le 21ᵉ amendement, déclarant nul et non avenu le 18ᵉ, est ratifié en 1933, Julius Muller II est déterminé à redorer le blason de l'entreprise dont il a la charge. Et ses ambitions semblent sans limites. Engagé aux côtés de Roosevelt, grand bailleur de fonds du parti démocrate dont il devient l'une des figures locales, il se voit déjà sénateur. Et lorsque de lourdes menaces pèsent à nouveau sur l'Europe, Julius se dresse avec une énergie et un zèle fanatiques contre la dictature fasciste. Et s'il faut convaincre ses futurs électeurs de la sincérité de son engagement, qu'à cela ne tienne, son fils unique, Hans IV, partira, le jour venu, combattre sous la bannière étoilée la croix gammée dont l'ombre souille la terre de ses ancêtres.

Vingt-six mois durant, celui-ci collectionne les médailles, l'esprit d'autant plus dégagé qu'à Saint Louis, depuis le décès brutal de son père, les brasseries sont entre les mains de sa sœur Myrttle et de son époux. De bonnes mains, expertes, efficaces qui, d'avoir si bien tenu l'affaire, n'ont désormais plus le moindre désir de la lâcher. Forte de la signature léguée par son père, Myrttle s'investit bientôt de tous les pouvoirs à la tête de l'entreprise.

Au final, c'est bien un héros auréolé de gloire qu'encense, à son retour au pays, une nation victorieuse. Mais ni les médailles ni les lauriers vite fanés qui lui ceignent le front ne lui seront d'une grande utilité pour reconquérir son trône usurpé. Dépouillé jusqu'à son dernier dollar, Hans, les ailes brisées, se trouve réduit à quémander un emploi chez la concurrence !

Misant sur le prestigieux nom de Muller, la brasserie Lemp lui accorde royalement, et à grand renfort de publicité, un poste de représentant. À lui de faire ses preuves en sillonnant, au volant d'une camionnette estampillée du logo de la marque et, tant que faire se peut, le sourire aux lèvres, les grandes plaines du Midwest, de Chicago à Sioux City et de Nashville à Wichita.

C'est là qu'il trouve l'amour sous les traits poupins de Wynona Hancock, découverte un soir de blues dans un bar minable, tandis qu'elle remplissait sa tasse de café. Envolés ensemble au petit matin, mariés trois jours plus tard, ces deux-là ne se quitteront plus, vivront un bonheur sans partage tout au long des milliers de miles qu'ils couvriront l'un près de l'autre, n'interrompant leurs pérégrinations que pour la naissance de deux enfants aussitôt confiés aux bons soins de la mère de Wynona, à Moberly, avant de finir leur route contre la calandre d'un camion, trois ans presque jour pour jour après leur rencontre.

Leur fille, Lorraine, devenue Brentwood par son mariage avec mon père, abandonnera l'insigne honneur de perpétuer la belle et aventureuse épopée des Muller à son frère, Homer, ultime dépositaire du nom.

Suçant un à un les bouts de glaçons tournoyants au fond de mon verre vide, je demeurais sans voix. Pour la première fois de mon existence, mon appartenance à cette Nation, à l'édification de laquelle avaient œuvré ceux dont le sang coulait dans mes veines, devenait légitime, trouvait un fondement.

Américain, bien sûr, je l'étais, mais jusqu'alors, cela se limitait à un état de fait auquel il ne m'était jamais venu à l'esprit de donner un sens. Avec l'exposé d'Oncle Bob, cette identité se dotait d'une chair qui, loin de faire de moi un fanatique du drapeau étoilé, m'intimait, à son égard, responsabilité et fierté. Ce sont ces révélations, conjuguées aux confessions de Jimmy, qui, à mon insu, orienteraient mes pas vers l'histoire, son étude et son enseignement.

Mais cela, précisément, en est une autre.

Car, pour l'heure, celle que mon oncle continuait à me livrer était d'une nature et d'une saveur bien différentes.

Oncle Bob avait fait la connaissance d'Homer lorsque mon père, de retour au pays au terme d'un stage de formation agricole de quelques mois dans une ferme modèle à Moberly, l'avait ramené dans ses bagages en même temps que celle qui était déjà sa femme. Il se souvenait fort bien de l'effet qu'avait produit sur la famille et sur toute la communauté cette grande jeune femme sèche, un peu farouche mais volontaire, qui deviendrait ma mère. Déjà il se dégageait d'elle ce sentiment d'autorité, sinon d'austérité, renforcé par une foi religieuse sans faille, que rien jusqu'à ce jour n'a su altérer. Charitable et dévouée, elle était parvenue à gagner le cœur de tout un chacun.

Séduits par la personnalité de Lorraine, les gens du coin s'étaient naturellement montrés bienveillants à l'égard de son frère. D'accord, le garçon, de deux ans son cadet, semblait d'une autre trempe. Fanfaron, impulsif, paresseux, chicanier voire querelleur quand il avait un verre dans le nez, ce qui malheureusement n'était pas rare, Homer apparaissait en tout l'exact opposé de sa sœur. Mais compte tenu de ce que l'on avait appris par la bouche de mon père sur leurs antécédents familiaux, la perte précoce de leurs parents, la sévérité, pour ne pas dire la brutalité, que leur grand-mère avait érigée en système d'éducation, le vide affectif dans lequel ils avaient grandi, tout cela incitait à faire preuve envers ce *pauvre gars* d'un minimum d'indulgence. Et puis, avec le temps, son intégration dans la communauté, la persuasion à laquelle s'essayait ma mère en resserrant sur son col une poigne de plus en plus ferme, les choses finiraient bien par se tasser, et Homer par comprendre que Stanford n'était pas le pire endroit au monde où s'établir.

« C'est sûr qu'on s'attendait pas à ce que ça se fasse du jour au lendemain ! admit Oncle Bob avec une moue résignée. Mais on y croyait. Il fallait bien. Et pour ça, on en a avalé des couleuvres, des comme ça ! »

Il avait saisi sa cuisse à deux mains et me regardait droit dans les yeux.

« Passe encore qu'il travaille comme un crabe, à reculons et de travers, puisque, de toute manière, c'était pour Mitch et, comme tu connais ton père, du moment que c'était lui qui l'avait amené, vu qu'il peut jamais avoir tort, personne n'avait rien à dire. Passe aussi, même si c'est déjà moins drôle, sa manie de se faire un carton sur tous les oiseaux qu'il rencontrait et même, une fois, sur le chien du vieux Barnhart qui l'avait emmené chasser, sous prétexte que le pauvre Scotty lui avait fait manquer un chevreuil. Le vieux n'était pas du genre méchant, mais ce coup-là, je te garantis qu'il s'en est fallu de peu qu'il lui garnisse le buffet de chevrotine. L'affaire a fait pas mal de bruit, ça a jasé un bon moment dans le secteur, ton père a fini par prendre les choses en main en se pointant chez le vieux Barnhart avec Homer pour qu'il lui présente ses excuses et le dédommage pour son chien. Homer a pleurniché ce qu'il fallait, et tout est finalement rentré dans l'ordre.

« Là-dessus, pendant quelque temps, il s'est tenu à carreau. Mais ce gars-là avait le démon en lui, et quand il s'est réveillé, ç'a été de mal en pis.

« Une fois, on l'a surpris en train d'essayer de voler un cheval, soi-disant qu'il voulait juste l'emprunter pour faire un tour avec. En réalité, ce salopard voulait le vendre à un boucher de Grayson. Une autre fois, je l'ai trouvé au bord du Mississippi, avec un sac plein de bâtons de dynamite, bien décidé à pulvériser les rives sur cinquante mètres de long pour créer une sorte de bassin privé où il aurait fait de l'élevage de truites. On n'a jamais su d'où il sortait son arsenal, mais ce qui est sûr, en revanche, c'est que la taloche que je lui ai foutue ce jour-là lui a fait passer l'idée de remettre ça.

« C'est pas pour autant qu'il se serait tenu tranquille. Partout où il allait ça se terminait en bagarre. Le moindre bal, n'importe quelle fête, dès qu'il se pointait quelque part, c'était toujours la même histoire : il picolait, cherchait des noises à tout le monde et finissait par trouver les coups qu'il cherchait.

« Un beau jour, il a entrepris de semer la panique en roulant comme un fou à travers la ville, manquant de peu d'écrabouiller la vieille Liz Casey pour finir contre le tracteur de Bo Baxter. Et comme si ça suffisait pas, le voilà qui se met à le traiter de tous les noms en le menaçant de lui faire payer ça. L'autre, qui n'était pas un tendre et qui tenait à son tracteur plus qu'à sa femme et à ses gosses, n'en demande pas plus et lui file une trempe. Trois jours après, une de ses granges part en fumée. Personne n'a jamais pu prouver que c'était lui, mais à partir de là, même ton père a fini par le lâcher. Ta mère lui a dit que s'il faisait encore la moindre connerie, elle ne voudrait plus jamais entendre parler de lui. Et deux mois plus tard on apprenait qu'il avait engrossé une fille de Queensville, une simplette qu'il avait ramassée au bord de la route un soir de cuite. Le jour même, tes parents le foutaient dehors. Le lendemain, il filait avec sa belle à Saint Louis et pour tout le monde ici, depuis, son nom n'a plus été que synonyme de mauvais rêve, du genre de ceux dont personne ne parle jamais ! »

J'avais depuis longtemps fini de sucer le dernier glaçon et ma salive, desséchée aux commissures de mes lèvres bêtement entrouvertes, s'était transformée en une pâte collante.

« Jusqu'à aujourd'hui... » articulai-je avec un peu de peine.

Oncle Bob s'apprêtait à gober les dernières gouttes de bière tiédie au fond de sa canette lorsque son regard croisa le mien.

« Ouais ! Maintenant, il arrive aussi que les gens changent », lâcha-t-il sans conviction.

Comme la lumière du jour s'estompait tristement, nous demeurâmes côte à côte sur le vieux banc de bois gris, silencieux.

10

Il y avait ceux qui en avaient entendu parler, ceux qui affirmaient l'avoir vue et ceux qui l'avaient vue. Quoi qu'il en soit, dans les couloirs de Bunsbury, il n'était question que de ça.

Les tornades pourtant, dans le Missouri, c'était chose courante. Chaque année, l'État avait droit à son quota de destruction et rien qu'au cours du mois écoulé, deux fois déjà le territoire avait été balayé par ces furies aveugles. La première entre Dexter et Poplar Bluff. La seconde un peu à l'ouest de Lebanon. Celle d'hier était passée tout près, à moins de douze miles au sud de Stanford.

Bien sûr, nous avions déjà vu ces images à la télévision, le cortège de champs dévastés, de maisons disloquées, d'arbres hachés menu, de familles hagardes fouillant les débris épars… Cette fois, sans doute en raison de la proximité du désastre, du fait que, pour un peu, ç'aurait pu être nous et, peut-être, afin d'exorciser la peur rétrospective que nous causait le spectacle du malheur qui avait frappé nos voisins, c'est avec une avidité malsaine que nous les contemplions, cherchant par un voyeurisme outrancier le soulagement d'avoir été épargnés. Et puis, le phénomène constituait pour les gens de mon âge un dérivatif à la monotonie du quotidien.

Par chance, nous disposions à Bunsbury d'une poignée de témoins oculaires, des collégiens résidant à Clearwater prêts à nous conter par le détail le film des événements. Ah, il fallait les voir parader, s'ériger, au sein d'une meute d'adolescents exaltés, en héros du jour, ceux qui avaient enduré les périls mortels d'une nature devenue folle, en avaient réchappé et s'offraient, revenus de l'enfer, à la contemplation de leurs congénères. Sûrement qu'en ce jour, bon nombre de ceux qui les pressaient de questions devaient secrètement rêver d'être à leur place, envier le statut qui valait à ces blancs-becs, ordinairement insignifiants, l'ardent regard des filles et le respect de la majorité des garçons. De là à penser que nous prenions pour argent comptant tout ce qu'ils racontaient, c'était à voir.

Bien sûr, leur récit de la progression de la tornade, leur description du silence qui la précédait, du tumulte qui l'accompagnait, l'effroi qui les avait étreints, ne pouvaient qu'être vrais.

Mais les vaches arrachées à leur plancher pour s'élever dans le maelström, haut, si haut, jusqu'à disparaître à la vue avant de retomber, des miles plus loin, qui sur une ferme, qui dans un lac ?

Mais cette maison déplacée sur près d'un demi-mile, garage, voiture et habitants compris, pour finir, intacte, au milieu d'un champ de soja ?

Mais ce nageur aspiré avec l'eau de sa piscine et retrouvé accroché aux branches d'un chêne à l'autre bout du comté ?

Non, ça, pas un de nous ne pouvait y croire et pourtant, tous feignaient de faire comme si. Le goût du sensationnel, un certain penchant pour l'irrationnel, jouaient pour la plupart en ce sens.

À en croire Connie Parker, clone presque parfait de Dolly Parton et Miss Météo de KRCG-TV 13, la station de Jefferson City, la vague de chaleur qui s'abattit à la suite de la tornade sur une bonne partie du Middle West était en passe de battre des records.

Une véritable vacherie que seule cette coquine de Connie, sans doute confinée dans une bulle climatisée, pouvait trouver drôle. Ici, évidemment, ça n'amusait personne. Pas question pour les fermiers de mettre leurs tâches entre parenthèses le temps que la vague de chaleur reflue. Tout était question de rythme et d'organisation. Il suffisait, par exemple, de débuter la journée un peu plus tôt afin d'accomplir le plus dur à la fraîche, de se ménager une pause prolongée entre onze et quinze heures, et de se remettre, un peu plus lentement que d'ordinaire, au turbin, jusqu'au moment de passer à table. Mon père mais, je crois, la plupart de nos voisins, rompus depuis des générations aux exigences climatiques, faisaient ainsi. Le jour viendrait, pensais-je, où à mon tour j'appliquerais la recette. Le jour où, tradition oblige, je m'engagerais sur la voie tracée par mon vieux et tous les Brentwood qui, depuis cent vingt ans, s'étaient succédé dans ce recoin de la planète. Un jour que j'espérais lointain, pas avant cinq ou six ans, au moins.

En attendant, soustrait aux obligations filiales par la volonté de ma mère, je pouvais m'adonner, sitôt libéré du carcan scolaire, aux activités de mon choix. Et ma façon à moi de lutter contre la canicule, c'était de faire trempette dans une vaste flaque d'eau.

Le lac Noir par exemple, là-bas au fond des bois, dont la masse vert sombre n'excédait jamais les dix-huit degrés. Chaque été, quand la prairie devenait une fournaise, une grosse poignée de garçons de Stanford, qui n'en comptait guère plus, se retrouvait pour batifoler l'après-midi durant sur ses berges boueuses.

Je m'y rendais donc ce jour-là équipé de mon lancer pour tenter, entre deux baignades, de ferrer un de ces fabuleux muskies que l'on disait hanter les profondeurs obscures.

Des monstres d'un mètre cinquante selon les anciens, capables de vous arracher la ligne d'un coup de gueule ou de vous tirer à l'eau si vous n'y preniez garde. Des éclairs dans les yeux et des tonnerres dans la voix, les plus vieux évoquaient ce combat digne d'une scène mythologique qui avait opposé le grand-père de Chuck Westmore à l'une de ces créatures de légende. L'homme avait vaincu au terme de deux heures de lutte et chacun à Stanford avait eu sa part de la prise. Depuis, chaque année, des témoins dignes de foi certifiaient avoir vu, de leurs yeux vu, des canards se faire happer à la surface lisse du lac par des prédateurs invisibles.

Péché de jeunesse ou péché de pêcheur, j'espérais bien, un jour, cet après-midi peut-être, en avoir le cœur net en m'érigeant, moi, Billy Brentwood, en lieu et place de la statue jusque-là indéboulonnable du vieux Westmore.

Le temps d'ôter short et débardeur, abandonnés en vrac sur le ponton, j'avais quitté la terre ferme pour piquer une tête. L'eau ne m'avait jamais semblé aussi fraîche et, comme débarrassé de la moiteur gluante des derniers jours, de l'asservissement à la canicule mais encore de la nouvelle situation familiale depuis l'arrivée d'oncle Homer, je me sentais bien.

Tellement bien que, pour la première fois, je réalisais mon vieux rêve et accomplissais sans effort la traversée du lac. Je n'abordais cependant pas tout de suite la rive et me contentais de la contempler un long moment comme s'il s'agissait d'une terre étrangère.

Au moment de m'en retourner, je ressentis les premiers signes de fatigue. J'avais beaucoup nagé, bien plus que d'habitude, et l'idée de m'engager, seul, sans le moindre espoir de secours, dans une nouvelle traversée de trois cents mètres, les membres lourds et le souffle court, ne me disait rien qui vaille. Le plus sage aurait été de prendre pied sur la berge encore proche et de regagner, à travers bois, mon point de départ.

Je me tâtais encore lorsqu'un impact se produisit à la surface du lac, une dizaine de mètres sur ma gauche. Pour en déterminer l'origine, il suffisait de suivre l'étroit sillon que traçait la ligne des profondeurs où elle avait plongé à son point de départ. Ce qui conduisait droit au ponton depuis lequel, mon lancer en main, un immense bonhomme aux cheveux dorés me saluait de son bras levé.

Encouragé par la présence de Jimmy, je puisais des forces dans mes ultimes réserves pour achever mon périple par la voie la plus directe et quelques minutes plus tard, j'abordais le ponton où, sans sa poigne secourable, j'aurais eu bien du mal à me hisser.

« Tu nages drôlement bien ! » dit-il, tandis que, les jambes flageolantes, je m'affalais sur le plancher rugueux pour récupérer un peu.

« Ouais, j'adore ça !

– Moi, ça n'a jamais été mon truc ! Barboter dans l'eau, oui, mais me lancer, comme ça, dans la traversée du lac... Non, chapeau Billy, vraiment ! »

Épater Jimmy me comblait d'une fierté le disputant à celle que je retirais d'avoir enfin réalisé l'un de mes rêves les plus ardents. Mon exploit était doté de la plus belle des récompenses. Et sûrement que si, pour l'obtenir, j'avais dû accomplir deux fois le même parcours, j'aurais trouvé les forces pour y parvenir.

« Merci ! » lâchai-je timidement alors qu'il m'avait déjà tourné le dos pour achever de rembobiner la ligne laissée en plan lors de mon abordage.

Puis, alors que je m'attendais à le voir relancer, Jimmy déposa soigneusement ma canne sur le ponton avant de me faire face à nouveau.

« Vous pouvez continuer, je crois pas que je pêcherai aujourd'hui ! proposai-je.

– Non, c'est gentil, mais je voulais juste retrouver les sensations que ça me procurait à l'époque. Parce que tu sais, j'en ai lancé des cuillères dans ce lac. Et perdu, aussi ! »

Pensant qu'il était sur le point de me conter ses exploits d'antan, je m'exaltai.

« On dit qu'y a des monstres, là-dedans, des muskies géants ! Vous en avez déjà chopé, vous ?

– Des petits, oui, mais des gros, non ! À mon avis, les catfishs ont tellement proliféré dans ce lac qu'il y a belle lurette qu'ils ont dû bouffer les derniers œufs de muskies !

– Vous croyez ?

– C'est ce qu'ils font, en général ! Mais peut-être que je me trompe et si ça se trouve, y en a un gros comme toi, juste là-dessous, qui nous écoute en rigolant! Hein, Muskie?» conclut-il, un ton plus haut, en se penchant sur l'eau.

Je ne pus m'empêcher de rire en imaginant un spécimen de mon gabarit nous observant à travers les planches du ponton, hilare, les nageoires ventrales plaquées sur ses flancs vert et jaune.

Les grands arbres étiraient leur ombre profonde sur les eaux du lac Noir. Quelque chose agitait les roseaux, non loin du ponton, quelque chose de gros, invisible, bien planqué sous la surface miroitante du lac. Peut-être un mudcat, un ragondin ou, pourquoi pas, l'un de ces fabuleux muskies.

Profitant de ce moment de sérénité, je posai enfin la question qui me taraudait depuis dimanche.

«Dites, pourquoi vous avez mis si longtemps à revenir?»

Juste une question, pas plus. Jimmy avait planté dans le mien un regard lourd que je soutenais sans ciller. Puis il avait sorti une cigarette, s'était penché sur la flamme de son Zippo et avait tourné la tête pour tirer deux ou trois bouffées.

«Je n'étais pas prêt. Depuis mon retour au pays, j'avais baigné dans une sorte de long sommeil où je vivais une vie qui n'était pas la mienne. Quand je m'étais réveillé, ma première pensée avait été pour Stanford. J'allais y retrouver mes parents, mes amis, ma maison, le Mississippi. Tout ce qui, pendant près de vingt ans, avait constitué mon univers, tous ces gens qui devaient m'espérer. J'imaginais les retrouvailles, le sourire de ma mère, la tape sur l'épaule de mon père, les embrassades des voisins, l'accueil en fanfare, le discours du maire... Et puis je reprendrais le tracteur, les travaux de la ferme, je retrouverais le rythme paisible de la vie au pays, ma place dans la communauté, le cours normal d'un quotidien sans surprises, cette existence tranquille, un peu monotone, qui, après tout, est peut-être une des options du bonheur. Je ne désirais rien davantage. »

Si l'autre jour, dans le camion, tout au long de sa confession, il ne m'avait pas adressé un regard, à présent, sur ce ponton suspendu entre ciel et eau, Jimmy ne me quittait pas des yeux.

« Avec la vieille Chevy que j'avais achetée à Virginia Beach, j'ai foncé droit devant, ne descendant que deux ou trois fois pour pisser et faire le plein avant de repartir aussitôt. À ce rythme-là, je pouvais espérer couvrir la distance qui me séparait de Stanford en moins de deux jours, mais c'était compter sans un de ces tours que le destin nous réserve en chemin. Au matin, en plein cœur du Kentucky, je m'aperçois que la jauge d'essence est dans le rouge. La prochaine ville est à moins de trois kilomètres, une petite ville du nom de… Stanford !

« Voir ce nom sur ce panneau a été comme un électrochoc ! Bien sûr, ce Stanford-là ne ressemble pas au nôtre, mais, comme dans un rêve, tout s'est métamorphosé : les rues, les maisons, c'étaient celles d'ici, les visages des inconnus prenaient les traits des gens d'ici. Et tout ce que j'avais imaginé, mon retour, les retrouvailles, tout ça, je l'ai vu, comme si j'y étais. Brutalement j'ai compris que je n'étais pas prêt. Pas encore. J'ai fait le plein, j'ai roulé jusqu'à Lexington et j'ai pris une chambre dans un motel. »

Je profitai d'une pause pour demander :

« Vous êtes resté longtemps à Lexington ?

– Non. Un moment, j'ai envisagé de chercher du boulot sur place, histoire de me poser un peu, de voir venir et de me faire à l'idée du retour. Après tout, à Lexington ou ailleurs… Et puis, je me suis souvenu de quelque chose que je n'avais pas oublié, mais que j'avais mis entre parenthèses.

« Dans ma section, là-bas, au Vietnam, j'avais trois amis, plus que des compagnons d'armes, de véritables frères. Un soir, l'un de nous a eu l'idée d'un serment. Ceux qui rentreraient au pays rendraient visite à la famille de celui ou ceux qui n'y reviendraient pas. On a bien rigolé puisque, vu qu'il ne nous restait qu'un mois à tirer, on se voyait déjà tous les quatre, sillonnant l'Amérique ensemble. Chet venait de San Francisco, Sonny Boy de Chicago et Butch de Decatur, en Alabama. Tu parles d'une virée !

« Sauf que ce jour-là, à Lexington, il n'y avait plus que moi et je ne savais pas par où commencer. La Californie, c'était un peu loin. Restaient Chicago, au Nord, Decatur, au Sud. Je me suis dit que, peut-être, en commençant par le bas, je pourrais, en remontant vers Chicago, quelques-uns de mes fantômes rassasiés, l'âme un peu plus légère, revenir enfin ici. Après tout, ce n'était qu'une question de semaines, une ou deux, trois au maximum, le temps de reprendre pied dans la réalité, solder les deux tiers de ma dette et réintégrer pour de bon le monde des vivants. San Francisco attendrait un peu. Ce n'était que partie remise.

« Butch n'avait pas revu ses vieux depuis quinze ans, depuis le jour où son frère et lui leur avaient été enlevés pour cause de mauvais traitements. Il ne savait pas s'ils étaient morts ou vivants, et il s'en foutait. Pour lui, la famille, c'était son frère, un certain Brad qui ne possédait ni téléphone ni adresse bien définie. Le seul moyen de le joindre, c'était d'appeler la station-service où, une ou deux fois par semaine, il achetait de l'essence, de la bière et du tabac, de laisser un message et d'attendre, en espérant qu'il se manifeste.

« Le soir même, le gérant du motel me passait l'appel d'un type à l'accent tellement marqué que je ne comprenais qu'un mot sur deux de ce qu'il me racontait.

« En résumé, il disait qu'il savait qui j'étais, qu'il aurait bien aimé me rencontrer pour bavarder de son frangin devant une bonne bière, mais que, pas de bol, il devait partir le soir même pour Birmingham où il bossait sur un chantier. Il serait absent une quinzaine mais, si ça m'intéressait, il pouvait laisser à Merle, le gars de la station-service, les lettres que Butch lui avait envoyées du Vietnam.

« Le lendemain matin, je me pointais à la station-service où, après m'avoir demandé qui j'étais, le gérant, sans un mot de plus, me refilait le trésor de Brad.

« À en croire le texte imprimé sur le couvercle cabossé, la petite boîte de métal jaune était censée renfermer de la gaze enduite d'une pommade antiseptique pour les brûlures. Bien sûr, je savais ce qu'elle contenait, mais je ne me sentais pas de l'ouvrir là, appuyé au comptoir, sous le regard soupçonneux de ce type. Et pour tout te dire, même dans la voiture, seul avec elle, il m'a fallu un bon bout de temps pour me décider.

« Les lettres, une dizaine, bien à plat, bien pliées dans leurs enveloppes estampillées du service postal des armées, étaient adressées à la station-service de Merle Tubb, à l'intention de Brad Lynn.

« C'était étrange. Ces dix lettres sous mes yeux, entre mes mains, jusque-là soigneusement rangées dans une boîte en fer quelque part en Alabama, j'avais vu Butch les écrire, une à une, au fil des mois, sans jamais penser qu'un jour je les tiendrais entre mes doigts, toutes ensemble.

« Butch ! C'était lui tout entier que j'avais sous les yeux, simple, chaleureux, presque enfantin, tellement sincère. Lui, à tel point que je me surprenais, alors que j'avais éprouvé les pires réticences à extraire de son enveloppe la première lettre, à lire celle-ci en toute quiétude, comme si, par-delà ses mots, c'était mon vieux copain que je retrouvais, qui me parlait. Et rien de ce que j'avais craint ne se produisait, mes mains ne tremblaient pas, mon cœur battait tranquille, mes yeux restaient secs et, au coin de mes lèvres, je sentais même pointer quelque chose comme un sourire.

« Ce qu'il racontait de son écriture malhabile, dans son langage plein d'ardeur, truffé de fautes énormes, c'était notre quotidien. Celui que nous avions partagé, que je connaissais par cœur, mais qui, sur le papier, se révélait sous un jour nouveau. La différence se terrait dans les détails, ceux que je gardais en mémoire et qui ne figuraient pas dans la lettre, ceux que Butch y avait mis et que je n'avais pas enregistrés.

« Où avait-il vu que le sergent Cooper boitait et qu'il semblait en retirer une certaine fierté ? Comment n'avait-il pas remarqué qu'il était si peu sûr de lui quand il donnait un ordre que les mots trébuchaient sur sa langue ? Moi, je ne savais pas que Tony Moreno, qui occupait le lit voisin du mien, mettait des chaussettes rouges pour dormir ! Et Butch ignorait, sinon il l'aurait dit, qu'il avait les yeux vairons.

« On voyait les mêmes choses, mais pas tout à fait. Dans une de ses lettres, Butch racontait qu'Elliot Haggard, de

South Bend, dans l'Indiana, était drôlement fort au poker, que ce type avait un don. En réalité, Elliot était un tricheur de première et s'il n'était pas mort là-bas, je n'aurais pas donné cher de sa peau dans le circuit professionnel où il projetait de se lancer à son retour. Chacun voit le monde à sa manière. Et après tout, si Butch se plaisait à croire qu'Elliot possédait un don de Dieu, quelle importance. »

L'après-midi touchait à sa fin. Depuis combien de temps Jimmy me contait son histoire ? Je ne sais pas ! Quelqu'un serait arrivé sur le ponton, les bras levés, l'air effaré en criant : *Hé, les gars, vous vous rendez compte que ça fait une semaine que vous êtes là ?*, je n'aurais trouvé rien d'autre à dire que : *Encore ! Encore !*

Jimmy venait de marquer une pause, le temps d'allumer une cigarette. La dernière à en croire la petite moue navrée qu'il avait affichée en l'extrayant de son paquet, juste avant de le froisser en boule et de le fourrer dans sa poche. Déjà, il reprenait le cours de son récit sans précipitation.

« S'il ne parlait jamais des combats, Butch en disait assez pour qu'on les devine. Sûrement qu'il ne voulait pas alarmer son frère, mais en même temps il avait besoin de confier à quelqu'un ce qu'il endurait au quotidien. Là-bas, personne ne se plaignait. On n'en parlait pas entre nous, ou alors pour en plaisanter avec un cynisme effrayant. Pour évoquer ses angoisses, la cruauté stupide de la situation tout en évitant soigneusement de faire pénétrer son frère dans la zone des combats, Butch lui décrivait la périphérie de l'enfer avec humour. Et Dieu sait qu'il n'en manquait pas !

« Dans l'une de ses premières lettres, il lui présentait une copine, le genre collant, qu'il lui fallait trimballer partout et, vraiment, il commençait à en avoir plein le dos. Elle avait un joli nom, ALICE, mais quand bien même elle ne pesait que trente kilos, c'était toujours trop. ALICE, c'était ce qu'ils appelaient *l'équipement individuel léger.* Trente kilos de munitions, rations, pansements, outils, bandes de mitrailleuse, radio, grenades et un gilet pare-balles de cinq kilos. Butch disait qu'elle lui en faisait baver quand il fallait se la coltiner des miles durant à travers la jungle, dans la boue des rizières ou dans les montagnes de cailloux qui roulaient sous les pieds à chaque pas. Mais il passait sous silence le handicap qu'elle représentait quand il fallait courir sous les balles, se jeter à terre et se relever, dix fois, vingt fois de suite, le dos moulu, les épaules broyées par les sangles, la poitrine en feu, et tout ça sans cesser de tirer sur un ennemi la plupart du temps invisible en priant Dieu que ce foutu M16 en plastique ne s'enraye pas une fois de plus. Malgré tout, il l'aimait bien, ALICE, parce que, disait-il, tant qu'il l'avait sur le dos cela prouvait qu'il en avait toujours un.

« Dans le fond, Butch n'inventait rien. Les petites histoires qu'il racontait à son frère n'étaient jamais que celles qui couraient là-bas. *Tous les gars, ici, ne parlent que de Johnny. Ce salopard de Johnny ! Cet enfoiré de Johnny ! C'est leur bête noire. Ils rêvent de lui faire la peau ! Quand ils rentreront au pays, sûr qu'il y aura droit ! Tu le connais sûrement, frangin. Johnny est beau gosse, beau parleur, cool. Il ne figure pas sur la liste des passagers d'Oncle Sam pour son voyage organisé au Vietnam, alors, pour passer le temps, Johnny s'occupe des gentilles petites poupées des soldats. Brave Johnny ! Si tu le vois, dis-lui de bien en profiter parce que ça ne durera pas toujours! En attendant, moi, je suis bien content d'être célibataire!*

«Oui, Butch semblait bien s'amuser. Oh, bien sûr, il y avait la chaleur, cette moiteur permanente, cette atmosphère si saturée d'humidité qu'on avait l'impression de boire l'air plutôt que de le respirer. Les insectes qui nous harcelaient, nous bouffaient jour et nuit, qui s'introduisaient partout, sous la chemise, dans les oreilles, les narines, les yeux, nous forçaient à griller cigarette sur cigarette parce que la fumée les tenait à distance. Les sangsues dans les bottes, dans les pantalons, collées à tes mollets, à tes cuisses. Mais il te fallait attendre des heures parfois, une pause dans le combat, une halte dans la progression pour t'en débarrasser.

«Mais Butch n'était pas seul dans sa galère. Pendant des mois, il avait parlé à son frère des gars qui l'entouraient, de braves types pour la plupart, des gars comme lui, aussi paumés, aussi démunis face à la situation, qui passaient leur temps à compter le nombre de jours qui les séparaient du retour au pays. Il avait des copains parmi eux, avec lesquels il jouait aux cartes, aux dés, chantait, riait, parlait des filles et toutes ces choses qu'on fait entre garçons. Mais il le savait, ce n'était qu'une façon de passer le temps le moins mal possible. Leurs relations dureraient le temps que durerait leur séjour au Vietnam. Sitôt parti, chacun reprendrait le cours de son existence. Rien à voir avec le sentiment qui allait naître entre lui et trois nouveaux venus dans sa section et que Butch évoque longuement au fil de ses lettres.

«Il commence par moi, ce gars du Missouri avec lequel il a suffi d'un regard. Aucun de nous deux ne savait qui était l'autre, d'où il venait, comment il avait vécu. Et pourtant, à l'instant même où je suis entré sous la tente, où une bonne partie des types dont j'allais partager la vie des mois durant se trouvaient réunis, mes yeux ont rencontré ceux de Butch et l'affaire était bouclée. On n'en a jamais parlé, mais dans ses lettres, avec ses mots à lui, il exprime les mêmes impressions. Butch décrit ce qui nous lie, nos points communs : deux péquenots issus de deux coins perdus des États-Unis, soumis dans leur enfance à la violence de leur père, embarqués malgré eux dans un conflit dont les enjeux les dépassent.

« Avec Chet et Sonny Boy, ça s'est passé différemment, presque à son insu. D'une certaine manière, il a compris ce qui s'était produit entre ces gars et lui une fois le lien noué. Une vraie surprise, je crois.

« Voilà des gars qui partagent depuis des mois le meilleur comme le pire, pensent être de bons copains tout en sachant que l'un ou l'autre, aujourd'hui, demain ou la semaine prochaine, peut disparaître. Ça, ça fait partie des probabilités, c'est la guerre. Voilà les mêmes gars qui, peu à peu, finissent par constituer un noyau distinct au sein de la section et en viennent à considérer que la disparition de l'un d'eux n'est plus concevable.

« Puis Butch parle de Chet. Chet incarne presque tout ce que Butch et son frère méprisent le plus farouchement. Pour commencer, il est californien. Or, tout le monde sait très bien le genre de gars que produit la Californie. Des mecs sans foi ni loi qui ne pensent qu'à s'amuser, à se dorer la pilule au bord du Pacifique, à se droguer et à baiser en écoutant de la musique de dégénérés. Ensuite, il appartient à la classe moyenne. Ces gens qui peuvent se payer ces belles bagnoles et ces chouettes maisons devant lesquelles des types comme les frères

Lynn, même en bossant dur toute leur vie, même en cumulant deux, trois emplois, devront toujours se contenter de rêver, la rage au cœur. Après ça, ce Chet, il faut bien l'avouer, il est beau gosse. Le genre qui plaît aux femmes. Grand, mince, des cheveux noirs épais, des dents bien plantées, bien blanches, avec de bonnes manières, et une aisance naturelle. Mais le pire, c'est que Chet n'est pas seulement un beau Californien appartenant à la classe moyenne, il est aussi, et peut-être avant tout, étudiant en littérature à Berkeley. Un étudiant !

« Les étudiants, Butch et son frère, qui ne sont jamais allés plus loin que l'école primaire, en avaient vu à la télévision et ça leur a suffi pour se faire une idée de ce que valent ces gars-là. Ils ne les aiment pas, et c'est peu dire. Ne supportent pas leur air suffisant, leur façon de se balader, avec sous le bras des livres dans lesquels ils ont puisé le peu qu'ils savent de la vie, toutes ces conneries dont ils sont si fiers et qui leur donnent le droit de regarder de haut de pauvres bouseux, de leur faire la leçon, qui se gargarisent de noms imprononçables d'écrivains étrangers dont le commun des mortels n'a rien à foutre, de poèmes qui ne veulent rien dire, de grandes théories inutiles au nom de quoi ils passent leur temps à contester toutes les décisions du gouvernement.

« Voilà ce qu'ils pensent des étudiants, et des beaux gosses aux belles dents blanches, et des gars de la classe moyenne, et des Californiens. Voilà ce qu'ils en ont toujours pensé.

« Ouais, sauf que Chet est vraiment un type bien, humain, à l'écoute, généreux. Un type comme Brad et Butch n'en ont jamais rencontré dans leur chienne de vie, vraiment cool, et ça change des mecs toujours à cran qu'ils connaissent. Contestataire, d'accord, mais pas comme ils l'entendent, vigilant plutôt, attentif aux dérives du gouvernement et, quand on y pense, il y a vraiment de quoi se foutre en rogne… Un type qui se fout pas de ta gueule parce que t'as jamais ouvert un des bouquins qu'il trimballe par dizaines dans son barda et dont il lui a si bien parlé que Butch a fini par mettre le nez dans l'un d'eux, un gros, *Les Raisins de la colère*, que ça lui plaît bien et que s'il arrive à le finir, peut-être qu'il lui en empruntera un autre. Un type qui aime ces musiques de la côte Ouest, dont il possède des tas de cassettes qu'il leur a fait écouter et Butch demande à Brad de le croire, depuis qu'il a entendu Bob Dylan, Grateful Dead, Jefferson Airplane, Canned Heat et compagnie, il n'a plus envie d'écouter autre chose.

«Ouais, ce Chet est vraiment un type bien, et quand il l'encourage, lui, Butch, à reprendre ses études une fois de retour au pays parce qu'il estime qu'il n'est pas plus bête qu'un autre, que c'est son droit et même, d'une certaine manière, son devoir, et qu'il pourra toujours compter sur lui pour l'aider, Butch en a les larmes aux yeux. Et même s'il n'en fait rien, il sera reconnaissant jusqu'à la fin de ses jours à Chet pour lui avoir dit des choses pareilles.

«Butch est fier d'être l'ami de Chet, fier d'être mon ami et peut-être plus fier encore d'être l'ami de Sonny Boy. Ce qui ressort de ses lettres, sans qu'il le dise jamais clairement, c'est que de l'amitié de ces trois-là, les seuls au monde, son frère excepté, pour lesquels il serait prêt à risquer sa vie, celle de Sonny Boy est sans doute celle qui le bouleverse le plus.

«Il lui consacre une lettre entière, pas moins. Une longue lettre qui nous apprend que Sonny est un brave gars, honnête, franc, courageux, sensible sous ses airs de faux dur, intelligent, empreint d'une foi en Dieu si absolue et sincère que lui, qui a presque oublié comment on s'y prenait, s'est remis à prier. Un gars qui ne peut pas parler de sa mère et de sa sœur qui l'attendent, là-bas, à Chicago, sans avoir la larme à l'œil. Volontaire, et ceci, et cela, plein de qualités, vraiment.

« À la fin de cette longue lettre, le ton, jusque-là tranquille, change radicalement. Soudain, on a l'impression d'entendre la voix de Butch, et ce n'est plus sa voix paisible, un peu traînante où semble toujours se lover un sourire, mais sa voix rauque, sa voix des mauvais jours, des jours de combat. Et il grogne parce que ce qu'il vient de comprendre le fout en rogne contre le monde, ses règles, sa monstrueuse bêtise et ses putains de certitudes. Contre lui-même.

« Merde, autant des gens comme Chet, son frère et lui n'en connaissaient pas et pouvaient, pourquoi pas, s'en faire une fausse idée, autant des Sonny Boy, de par chez eux, ça courait les rues. Toujours, depuis tout petits, ils en avaient côtoyé, ils avaient grandi parmi eux, avaient joué, enfants, avec eux, avaient plaisanté avec eux. Jusqu'à un certain point. Et ce point était la limite au-delà de laquelle ni les uns ni les autres ne devaient aller, la frontière immatérielle que nul ne pouvait franchir.

« C'était comme ça, et finalement, c'était rassurant de se savoir du bon côté. C'était pour ça qu'il avait tacitement accepté la présence invisible de cette paroi qui faisait manger les Sonny Boy d'un côté et lui de l'autre, faisait voyager, se loger, étudier, pisser et même prier les Sonny Boy d'un côté et lui de l'autre. Et c'était pour ça qu'il avait craché par terre quand une certaine Rosa Parks, dans un bus de Birmingham, avait osé remettre en cause l'existence de cette frontière. Et c'était pour ça qu'il avait serré les mâchoires quand d'autres avaient secoué le principe sacré de la ségrégation jusqu'à le fissurer dangereusement, avait serré les poings quand ils étaient parvenus à l'abattre. C'était encore tout frais, il n'avait rien oublié de sa rage, de sa haine envers les Noirs.

« Cette haine qui à présent lui revenait en pleine tête, plus douloureuse, plus cruelle qu'une balle viet. Dire qu'il lui avait fallu venir jusque-là, se retrouver plongé dans cette saloperie de bourbier, à des milliers de miles de chez lui, loin de sa terre rouge d'Alabama pour comprendre ça. Que Sonny Boy était un homme au même titre que lui, son semblable. Et qu'à présent il était son ami, son frère, et que pour un peu, il serait prêt à remercier cet enfoiré de Westmoreland de l'avoir invité à ce bal d'enfer. »

Ce soir-là, tandis que l'ombre des grands arbres s'épaississait, que le lac Noir se métamorphosait lentement en un encrier géant, Jimmy avait mentalement replié ses lettres et refermé, sans bruit, la petite boîte de métal jaune.

Pas moi.

11

Des quatre chats de la maison, Sleepy était le plus doux et le plus gros, le plus indolent. S'il lui prenait l'envie de squatter vos genoux, vous pouviez prévoir une bonne demi-heure de ronronnement ininterrompu et de regards langoureux, le temps d'épuiser votre stock de caresses et de vous retrouver avec les jambes ankylosées par l'immobilité prolongée et les huit kilos de poils, de tendresse et de graisse du matou. C'est alors que vous le déposiez sur le canapé où, sans demander son reste, il s'installait aussitôt pour entreprendre sa énième sieste du jour.

Contrairement à Flash, Pearl et Banjo qui n'interrompaient leurs inlassables balades dans les granges et les champs environnants que pour se restaurer, vite fait, d'une poignée de croquettes, Sleepy ne franchissait le seuil de la maison qu'afin d'expédier ses besoins les plus élémentaires dans un coin discret de la cour. Nous avions fait l'expérience, pour l'avoir malencontreusement enfermé dehors, un soir, des capacités vocales d'un chat mécontent. Une erreur chèrement payée et, il va sans dire, promptement réparée.

Oui, Sleepy, de tous les chats, nombreux, auxquels j'ai offert l'asile depuis, était le plus casanier.

Or, alors que la canicule étouffait la région depuis plus d'une semaine, l'inconcevable se produisit : Sleepy disparut. Ma mère, qui faisait preuve à l'égard des bêtes qu'elle abritait sous son toit d'une bienveillance dont ses propres enfants ne bénéficiaient que chichement, s'en trouva si profondément affectée que bientôt toute la maison fut en émoi. Dans l'heure, chaque recoin de chaque pièce, chaque placard, chaque tiroir, du rez-de-chaussée au grenier, sans oublier le tambour de la machine à laver et même le réfrigérateur, fut passé au peigne fin. En vain. Sleepy s'était tout bonnement évaporé.

Accablée de chagrin, ma mère se résolut à admettre que le pauvre animal avait succombé aux assauts de la chaleur. Le malheureux, sentant sa fin proche, avait dû quitter son doux foyer pour aller mourir quelque part dehors, dans l'encoignure obscure et poussiéreuse d'une remise, derrière un tas de bûches ou quelques bottes de foin. Mes sœurs et moi nous mîmes donc en quête, chacun de notre côté, de la dépouille de notre vieux compagnon.

Ayant débuté mon inspection par l'atelier de mon père, à deux pas de la maison, dans la cour de derrière, j'allais gagner le hangar le plus proche quand, par acquit de conscience, je m'accroupis pour jeter un coup d'œil sous la baraque, surélevée d'une trentaine de centimètres au-dessus du sol. L'énorme boule de poils noirs et blancs, reconnaissable entre mille, était là, au beau milieu du soubassement, étendue à même la terre, immobile, mais bien vivante. Aussitôt informée, ma mère eut beau déployer des trésors de patience, rien ne parvint à le décider de quitter la relative fraîcheur qu'il avait trouvée là-dessous pour regagner son confortable canapé avant la fin de cet épisode torride. Tout ce temps, ce gros flemmard n'eut qu'à se traîner, la nuit tombée, en lisière de sa retraite pour se goinfrer des croquettes disposées là à son intention et s'abreuver goulûment de lait frais.

Sleepy, bien sûr, n'était pas le seul à souffrir de la canicule. Les nuits à vingt-cinq degrés, toutes fenêtres ouvertes, sans le moindre souffle d'air, constituaient une épreuve. Les conséquences de ces nuits tronquées se lisaient aisément sur les traits bouffis ou tirés de chacun d'entre nous, au matin, autour de la table du petit déjeuner.

Lorsque je dis que nous étions tous logés à la même enseigne, ce n'est cependant pas tout à fait vrai. Car il est des gens, les bienheureux, qui savent toujours tirer avantage des pires calamités. Certains les appellent des opportunistes, d'autres, avec envie, des malins. Teddie était-elle opportuniste ? Maligne ? Toujours est-il que ma petite sœur sut si bien mettre à profit le mal qui nous accablait que non seulement elle parvint à s'y soustraire mais que, surtout, elle atteignit par ce biais un objectif caché.

Au motif que la maison était devenue une étuve, Teddie, au terme de trois jours complets de pleurnicherie et de récriminations en tous genres, était parvenue à se faire donner l'asile par Oncle Tom, le plus jeune des frères Brentwood, dont la maison, jouissant d'un système de climatisation, n'était guère éloignée de la nôtre que d'une cinquantaine de mètres. Aidée en cela par Merry, âgée, comme elle, de huit ans, et benjamine de notre joyeux trio de cousines, Teddie avait si bien manœuvré que Tom et sa femme, Pam, étaient venus, de leur propre chef, offrir un refuge à l'infortunée.

Naturellement, ma mère et Kittie, auxquelles il suffisait de traverser le chemin pour la retrouver, gardèrent avec elle un contact quotidien. Et tous les jours, mon père et moi avions droit à ses saluts adressés à travers les fenêtres soigneusement fermées. Rarement Teddie ne me parut aussi radieuse que dans ce cocon à vingt degrés, fraîche, reposée, mais avant tout soulagée de l'insupportable fardeau que constituait, pour elle plus que pour aucun d'entre nous, la présence d'Oncle Homer.

Oncle Homer. En réalité, pour l'heure, je le voyais peu. Quelques minutes le matin, avant de foncer prendre le bus pour Bunsbury; une heure ou deux, en fin de journée, principalement pour le repas du soir. Il passait la plus grande partie de son temps en compagnie de mon père, qu'il accompagnait partout. Il est d'ailleurs possible, comme je le pensais alors, que ce dernier l'ait à cette occasion entretenu sur la conduite à tenir en présence de ses enfants car, hormis quelques blagues éculées, il avait fait preuve, au cours de ces premiers jours parmi nous, d'une discrétion somme toute surprenante.

Dans les faits, donc, rien n'avait réellement changé si ce n'est l'atmosphère autour de la table du souper.

D'ordinaire, ces instants s'alourdissaient d'un silence à peine émaillé de tintements de couverts, de mastication et de rares paroles. Pour tous, il semblait évident que, dès le moment où nous posions nos fesses sur les chaises en formica bleu aux environs de six heures et demi, tout ce que nous avions à faire, c'était manger.

L'oncle, lui, n'entendait pas les choses de cette oreille. L'occasion était trop belle pour ce bavard impénitent d'attirer sur lui l'attention de la famille au complet. Aussi, du début à la fin du repas, avions-nous droit à un déluge de paroles, pas même interrompu par les bouchées qu'il engloutissait avidement sans jamais suspendre son bla-bla. Si ma mère manifestait sa désapprobation par cette froideur obstinée dont elle ne s'était guère départie depuis l'arrivée de son frère, elle n'osait intervenir tant mon père, premier maître à bord, prenait un plaisir évident au papotage de son beau-frère.

D'ailleurs, pour être honnête, Kittie et moi, en dépit du sentiment troublant que nous inspirait ce drôle d'énergumène, goûtions avec régal à ces récits qui tous avaient pour cadre l'univers lointain, fascinant et effrayant de Saint Louis. Attablés face à face, ma sœur et moi communiquions aussi discrètement que possible par une série de mimiques, ébauches de sourires, haussements de sourcils, esquisses de grimaces, en fonction des anecdotes entendues.

Toutes étaient à des années-lumière du quotidien immuable de Stanford, ce cul-de-sac où les hommes et leurs préoccupations tournaient en rond, où il n'était question que de semences, de récoltes, d'engrais, du cours des céréales et des marques d'engins agricoles, où les seules distractions se résumaient à commenter les faits et gestes de son voisin, à prêter foi aux rumeurs ou à les contester en l'office du dimanche. Comment ne pas se délecter, sitôt le bénédicité pieusement ânonné, de ces sulfureuses histoires de flics vachards, de magouilles électorales ou de dangers mortels qui semblaient vous guetter à chaque coin de rue ?

Presque toujours, Homer en était le personnage principal confronté, comme il se doit, à une kyrielle d'individus tous plus bêtes et méchants les uns que les autres. Comme il se doit, l'affaire tournait immanquablement à son avantage dès lors qu'il était le plus malin, le plus intelligent, le plus fort. Et chacune de ses aventures se concluait par un rire tonitruant, tandis qu'il promenait sur la tablée un regard hautement satisfait.

Pour ma part, les fanfaronnades d'oncle Homer, la désertion de Teddie et l'amertume qu'en conçut Kittie ne me touchaient que superficiellement. C'est qu'un monde nouveau s'ouvrait à moi à travers les récits de Jimmy.

En attendant la suite qu'il m'avait promise l'avant-veille, sur le ponton du lac Noir, alors que le silence succédant à ses dernières paroles s'étirait avec les ombres des grands arbres sur l'eau, la vie que je menais auprès des miens ou au collège me semblait creuse et terne, comme entre parenthèses.

Que m'importaient le devoir de mathématiques, le cours de chimie, les tourments juvéniles de Greg Phelps, mon voisin de classe, inspirés par cette chipie, pas même jolie, de Kim McCoy, la réprobation de Kittie à l'égard des combines de Teddie ou, comme en cette fin d'après-midi, la nécessité de prêter main-forte à mon père.

Ce jour-là je n'avais pas prévu de m'attarder à la maison en rentrant du collège. Juste un saut, le temps de poser ma sacoche et d'empocher deux galettes de maïs avant de filer jusqu'au fleuve.

J'y allais, lorsque ma mère, survenant du jardin, m'avait chopé sur le seuil.

« Ton père a besoin de toi ! Traîne pas ! Ils sont près du grand silo ! »

Ma première intention avait été d'ignorer son injonction. Que mon père aille au diable ! J'avais mieux à faire et tant pis pour les conséquences qui ne manqueraient pas de pleuvoir sur ma tête. C'est donc d'un pas déterminé que je m'éloignais dans la direction exactement inverse à celle indiquée, le front buté et les mâchoires serrées. Cependant, ce pour quoi mon père requérait ma présence pouvait se révéler de courte durée; urgent, d'accord, mais bref. Risquer un conflit ouvert au développement imprévisible pour avoir refusé un petit coup de main ne semblait, tout réfléchi, pas très raisonnable. Cinquante mètres plus loin, à la première croisée des chemins, j'abandonnais sans même ralentir celui menant au Mississippi pour celui des terres.

Les silos, à Stanford, comme un peu partout dans la région, ce n'est pas ce qui manque. En plus de leur fonction première consistant à stocker le grain, ils peuvent s'avérer extrêmement utiles, dans un pays aussi plat qu'une tranche de bacon, pour se repérer à des miles à la ronde. À condition d'être en mesure de distinguer celui de Slim Gardner de ceux de Samuel Dixon ou de Casper Goodman, tous trois hauts de quinze mètres.

Mon père en possédait deux. Un grand de quinze mètres lui aussi, et un plus petit, sept mètres environ, en fer, à l'origine peint en blanc mais désormais complètement rouillé. Je venais de dépasser le premier, les yeux rivés à l'autre, dressé au bord du chemin, à trois cents mètres de là, près duquel je distinguais la présence du tracteur vert et du vieux Dodge.

Il me fallut approcher pour apercevoir Oncle Homer, accroupi dans l'ombre du camion, et plus près encore les jambes de mon père, couché sous le John Deere. Redoutant la survenue de quelque drame, j'accomplis, subitement anxieux, les dernières dizaines de mètres en courant.

«C'est maint'nant qu'tu t'ramènes?» gueula mon père, en guise d'accueil, de sous son tracteur.

Cueilli à froid, j'avançais qu'il connaissait aussi bien que moi les horaires du bus scolaire. Mais fort de cette implacable mauvaise foi dont il pouvait user sans vergogne quand bon lui chantait, il reprit de plus belle, sans daigner s'extraire de sous l'engin :

«Tâche de pas t'foutre de moi, garçon ! C'est pas à un merdeux d'ton âge qu'tu parles, là ! Hein ? J'suis ton père, l'oublie pas ! Alors, tu gardes tes réflexions et tes grands airs et, nom de Dieu, t'évites de m'manquer d'respect ! »

Piteux et révolté, je maudissais dans mon cœur la cruelle destinée qui avait fait de moi le fils de cet homme.

Alors que mon père, sous le tracteur, à en juger par ses ahans et les contractions de ses jambes, semblait produire de violents efforts, Oncle Homer, dont j'avais soigneusement évité de croiser le regard jusqu'ici, m'interpella doucement :

«Viens donc te mettre à l'abri, fiston ! »

Tenté par le démon de l'orgueil de refuser son invitation, je cédai toutefois pour le rejoindre à l'ombre du camion. Bien décidé à ne pas lui manifester la moindre gratitude pour ce réconfort inattendu, je m'installai à ses côtés, sur le marchepied du Dodge.

Et voilà que, tout rayonnant d'un large sourire amical, il me tendait maintenant sa gourde.

«Tiens ! Bois un coup ! La flotte est pas très fraîche, mais ça peut faire que du bien ! »

L'eau, tiède, avait un sale goût de métal. Je n'avais pas soif, mais par reconnaissance, pour ne pas le froisser ou que sais-je, j'en absorbai deux longues gorgées.

« Qu'est-ce que je peux faire ? » lui demandai-je, assez bas pour ne pas être entendu de mon père, toujours à la tâche, en lui restituant son bien.

« Ben, rien ! Y a que j'ai planté le tracteur dans une ornière du chemin ! Ton vieux est allé chercher le camion pour le tirer de là et il a demandé à ta mère de t'envoyer quand tu rentrerais. Finalement, tu vois, on s'est pas trop mal démerdés, mais y a un truc, là-bas dessous, qui s'est déglingué. Voilà ! Maintenant, à moins que tu sois le roi de la mécanique, j'vois pas bien ce que tu pourrais faire. »

Oncle Homer ne semblait pas plus navré que ça d'être à l'origine de l'incident qui, tel que je le connaissais, devait donner à mon père des envies de meurtre. Or, si la réaction paternelle ne se fit pas attendre, elle était bien loin de l'imprécation redoutée.

« Homer ! Au lieu de jacasser comme une bonne femme, va plutôt charger les tuyaux pour irriguer la parcelle du bout ! Dennis est là-bas, à m'attendre depuis deux heures pour les monter ! Toi, Billy, fais ce que tu veux, mais restez pas là à rien foutre pendant que je me crève le cul à réparer vos conneries ! »

En dépit de sa rudesse habituelle et de sa fâcheuse tendance à associer tout un chacun aux erreurs imputables à un seul, mon père paraissait avoir retrouvé un semblant de quiétude.

« OK boss ! » dit Oncle Homer en m'invitant d'un mouvement de tête à grimper dans le Dodge.

La touffeur, dans le camion, à la limite du soutenable, me fit presque aussitôt regretter d'y être monté. D'autant qu'Homer, sans doute échaudé par sa récente mésaventure, progressait moins vite, sur ce chemin pourtant exempt de tout piège, que je ne l'aurais fait à pied.

« Quelle tête de pioche ! » lâcha-t-il, amusé, en lorgnant dans le rétroviseur éclaté.

« Moi, il commence à me les casser ! grognai-je.

– Les pieds, j'espère ! répliqua Oncle Homer en éclatant de rire.

– J'ai pas envie de rigoler !

– Bah, il a un foutu caractère, y a pas à dire, mais c'est pas le mauvais gars ! C'est même tout le contraire ! En fait, pour te dire les choses comme je le pense, je l'admire, ton vieux. Il trime dur pour nourrir sa famille, il se plaint jamais, il est honnête, droit, c'est un exemple pour moi, je te jure ! Même si je sais que je pourrai jamais lui ressembler… Tu vois, lui et moi on a à peu près le même âge, mais dans le fond, je le considère un peu comme mon père. Enfin, disons que j'aurais bien aimé avoir un père comme lui ! »

Soudain pensif, Homer marqua une courte pause. Pour reprendre, tourné vers moi avec un air de chien battu, les yeux peut-être embués derrière ses lunettes à miroir :

« Je sais pas si t'es au courant, mais ta mère et moi on n'a pas connu notre papa ! »

Les carences affectives de l'enfance, le défaut de repères, toutes ces choses m'étant alors totalement inconnues, je ne trouvais dans l'attitude larmoyante de mon oncle, ajoutée à l'horripilant panégyrique dédié à mon paternel, que motif à faire preuve d'une cruauté dont les enfants ont le secret.

« Vous avez eu du bol ! »

Le camion pila. En dépit de la faible vitesse à laquelle nous roulions, la secousse me fit sursauter sur mon siège.

« Qu'est-ce que tu fous ? » lançai-je, assez fort pour couvrir le bruit du moteur.

Oncle Homer avait subitement perdu sa bonhomie. Plus rien à voir avec le brave type qui m'avait offert sa gourde tout à l'heure. Sous son chapeau de brousse informe, ruisselant d'une sueur poisseuse, la bouche ornée d'une moue mauvaise, il me dévisageait à présent de ses méchants petits yeux bleus.

« Comment tu peux dire ça ? »

Fini l'Oncle Homer qui, tout en nous indisposant, nous distrayait, le soir, à table, de ses histoires à la limite du vraisemblable, l'Oncle Homer qui tentait de nous amadouer avec des œillades faussement complices dans le dos de notre mère lorsque celle-ci nous rappelait à l'ordre, de pseudo-tours de magie aux ficelles grossières, l'Oncle Homer qui s'évertuait à forcer notre sympathie en nous empoignant le bras trop fermement, en nous gratifiant de petites tapes trop sèches sur les joues, en nous tiraillant une mèche de cheveux trop fort.

L'Oncle Homer qui désormais me faisait face n'était autre que celui dont Oncle Bob m'avait conté les exploits, le bagarreur, l'incendiaire, le tueur d'oiseaux, la brute n'obéissant qu'à ses seuls instincts, celui dont Stanford avait enduré les caprices quinze ans plus tôt. Cet Homer-là, je le découvris tout à coup, me faisait peur.

Instinctivement, je m'étais collé à la portière, la main sur la poignée, prêt à m'expulser du camion au moindre mouvement de cet homme.

« Fais gaffe à ce que tu dis, sale merdeux ! Parce que je suis pas ton père, moi ! Je couine pas quand on me marche dessus, je mords ! Et crois-moi, j'ai la dent dure ! »

Conscient de la terreur qu'il m'inspirait et sans doute désireux de savourer son emprise sur un gamin de treize ans susceptible de décamper, il l'avait compris, à la première alerte, Homer ne bougeait pas d'un poil, les deux mains sur le large volant du Dodge.

« Va falloir que t'apprennes à filer droit avec moi, mon gars ! Tu te plains de ton père mais franchement, à sa place, y a un tas de choses que je supporterais pas. Déjà, quand t'es pas à l'école, tu bosserais à la ferme plutôt que passer ton temps à rien foutre, à te balader ou je sais pas quoi ! Les garçons de ton âge, ça doit apprendre à travailler si on veut pas qu'ils se mettent des idées à la con dans la tête, du genre qu'on peut vivre sans se salir les mains ou se faire mal aux reins. C'est comme ça qu'on devient communiste, drogué ou pédé. Et même les trois à la fois. C'est comme l'école. Ta mère n'a que ce mot-là à la bouche. Monsieur doit faire des études ! Monsieur doit avoir des diplômes ! Monsieur doit pas être fermier ! Je t'en foutrais, moi ! Les études, c'est bon pour les glandeurs de la ville qu'ont rien d'autre à foutre. Ici, y a du boulot et faudra bien quelqu'un pour reprendre la ferme quand ton vieux passera la main. Bon Dieu, quand j'y pense, ça me fout en rogne. »

Ses mains s'étaient crispées sur le volant, il avait émis un sourd grognement et il me semblait percevoir une menace accrue émaner de tout son être, à l'instar de la lourde, âcre, suffocante odeur de sueur qui, aggravée par la chaleur et son accès de rage, saturait l'atmosphère confinée de l'habitacle. J'affirmai ma prise sur la poignée de la portière, guettant dans l'inflexion de sa voix le signal de ma fuite.

« Y a autre chose, encore. Ton père m'a parlé de tes manigances avec ce salopard de Lamar ! Comment tu peux fréquenter un enfoiré pareil ? Y a vraiment des baffes qui se perdent. Un mec qu'a laissé crever ses vieux sans leur donner signe de vie pendant des années, ça vaut même pas le prix d'un cercueil pour le foutre dans le trou ! Moi, je vais te dire, je regrette qu'une chose, c'est que les Viets en aient pas fait des rouleaux de printemps ! »

Qu'il ose prononcer le nom de Jimmy, le traîner dans la boue, avait fait jaillir en moi une colère violente. Et je me laissai submerger par le plus fort, le plus terrible des sentiments, la haine, auquel rien ne résiste, ni le mépris, ni la colère, pas même la peur. Si j'avais eu cinq ans de plus, les vingt centimètres et les trente kilos qui vont avec, je n'aurais pas donné cher de sa peau. Mais je n'étais qu'un gosse, conscient de sa faiblesse face à la puissance de cet homme massif et dénué de scrupules. Alors, ce que je ne pouvais accomplir, les coups de poing, les coups de pied, je l'imaginais.

Tandis que je le regardais, sans ciller, provoquant en lui, je le sentais à l'étrange fixité de son expression, une sorte, non pas de crainte, mais d'hésitation, comme une interrogation suscitée par mon brusque changement d'attitude, ce que je contemplais c'était son visage fantasmé, démoli, couvert de sang et de souffrance. Et je frappais encore. Et je frappais toujours, déterminé à le réduire en bouillie.

C'est alors que je le vis sourire. Et ce sourire était chargé de tant de cruauté qu'il me parut, soudain, me retrouver face au Mal incarné. Et de nouveau j'eus peur.

« Je sais à quoi tu penses, petit ! Je connais bien ça ! dit-il en découvrant ses canines brunes. Ah, si t'avais quelques années de plus ! C'est ça, hein ? Tu y tiens donc tant à ton Lamar ? Profites-en bien, alors, paie-t'en une bonne tranche parce que je vais te dire une bonne chose : si tout le monde ici, à commencer par ton père, se demande s'il va rester ou s'en aller, moi, je peux te garantir qu'il fera pas de vieux os dans ce bled ! Ce mec n'est plus chez lui, il n'a plus rien à foutre à Stanford ! Plus personne veut de lui et s'il lui arrivait quoi que ce soit, personne viendrait à son secours ! Dis-lui bien ça, quand tu le reverras. Dis-lui bien ! »

Sans chercher à en entendre plus, je sautai à bas du camion et m'élançai, coudes au corps, vers le fleuve.

12

Dès mon retour du collège, en fin de matinée, je n'avais cessé de tourner autour de la maison de Jimmy, guettant la présence du pick-up, tourmenté par l'idée de la menace qui pesait sur lui. Dans la partie de bras de fer à venir, les forces en présence me dépassaient. Que Jimmy en sortit vainqueur, au fond de moi, ne laissait pas l'ombre d'un doute. À la régulière, Oncle Homer, bardé de graisse et court d'haleine, ne pouvait s'imposer face au géant athlétique, rompu aux techniques de combat qu'était Jimmy. Mais ce scénario, le plus satisfaisant de tous ceux que je concoctais alors, n'en demeurait pas moins angoissant.

Depuis son arrivée dans notre vie, Homer m'était apparu grossier, hâbleur, lourdaud, vantard et, avant tout, stupide. Souvent, je m'étais surpris à l'observer, le soir, affalé sur le canapé, peinant à mobiliser assez d'attention pour accorder à la série télévisée en cours l'intérêt qu'il affirmait lui prêter, ou le matin, au petit déjeuner, incapable d'enfourner une tartine sans tacher son pantalon, renversant une fois sur trois son bol de café au lait sur la table suite à une mauvaise manœuvre.

Mais en dépit de ma ferme volonté de déceler en lui les plus sombres tares de l'humanité, je n'avais pas encore distingué dans ce fatras de défauts l'ombre d'une trace de méchanceté.

L'expérience de la veille m'avait aidé à compléter le tableau. N'en restait pas moins que je ne savais toujours pas ce qu'il avait derrière la tête, ni comment il comptait le mettre en œuvre.

Que pouvais-je n'avoir pas compris qui donne à Homer l'avantage ? Y avait-il un piège, énorme, effrayant, que ma cervelle d'enfant n'avait pas su détecter ?

Et fallait-il ou non en parler à Jimmy ?

Lors d'un ultime passage en vue de sa ferme, la présence du pick-up vert m'avait informé de son retour.

Je l'avais trouvé en train de préparer son repas, serein, sifflotant *Cocaïne Blues.*

« Sens-moi ça ! dit-il en me collant sous le nez un plat à four plein à ras bord d'une préparation telle que je n'en avais jamais vue.

– C'est quoi ?

– Ça s'appelle des *lasagnes* ! Et je ne te croirais pas si tu me dis que tu en as déjà mangé ! »

Jimmy rayonnait de bonne humeur, la cuisine fleurait bon l'Italie et Dave Van Ronk venait de faire place à Bruce Springsteen pour l'une de ses plus belles chansons, *The River.*

Au regard de ce qui entravait mon esprit depuis la veille, l'image qui s'offrait à moi avait la vraisemblance du bonheur. Un sentiment que je ne parvenais toutefois pas à goûter pleinement tant je le savais menacé.

« Tu connais mon oncle Homer, Jimmy ?

– Oui ! Et je sais qu'il est à nouveau ici ! Pourquoi ?

– Il m'a parlé de toi, hier. Il t'aime pas bien, tu sais. Il…

– Bah ! Laisse-le dire, Billy, tout ça n'a aucune importance ! » lança-t-il avec nonchalance avant de pointer le menton vers le plat qu'il tenait entre ses mains et d'ajouter : « Pour l'instant, ce qui compte, c'est de mettre ça au four ! Le reste… »

Jimmy semblait si sûr de lui, si fort et indifférent aux manœuvres d'Homer que j'oubliai aussitôt mes sombres tourments pour sourire de toutes mes dents.

« Bon ! fit-il en refermant la porte d'un minifour flambant neuf posé sur le rebord de la fenêtre. Je sais que c'est pas l'heure, mais je n'ai rien avalé depuis ce matin ! Et il n'y a pas d'heure pour des lasagnes ! T'es partant ?

– Sûr ! » lançai-je sans réfléchir.

Mon univers était constitué d'êtres graves, sérieux, presque mornes, des individus capables de manifester, à l'occasion d'une célébration quelconque, une satisfaction proche de l'allégresse, mais toujours avec retenue, les lèvres fendues d'un sourire maladroit, prêt à s'éclipser comme il était venu, hop, d'un coup. Le rire était souvent tonitruant, violent comme une tempête qui sans prévenir pouvait se muer en un rugissement de colère. La même perpétuelle vigilance derrière les cils, toujours cette foutue balance pesant en temps réel, avec une précision diabolique, le Bien et le Mal, le convenable et l'indécent, l'avantageux et le défavorable, un même regard froid, sans concessions.

En cet instant, les yeux de Jimmy étaient pleins d'un sentiment d'une pureté et d'une franchise inouïes, d'une joie réelle et sincère, d'autant plus bouleversante que je m'en savais, moi, Billy, la cause. Bon Dieu, ce que j'étais fier. Et ému.

« Si tu veux manger, va falloir que tu me donnes un coup de main pour décharger la table et les chaises que j'ai achetées à Quincy ! »

Le temps de dégager les meubles de la bâche qui les recouvrait et de transporter, ensemble, la petite table rectangulaire en chêne clair qu'il aurait aisément pu porter seul et les deux chaises du même bois, à l'assise paillée, dans la cuisine, le temps pour Jimmy de me raconter comment il avait déniché à Saint Louis une boutique de spécialités italiennes où il avait acheté les ingrédients nécessaires à l'élaboration de sa recette et une bouteille de vin au nom rigolo et imprononçable, et nous nous installions, face à face, pour entamer ce repas dont je garderais à jamais le souvenir ébloui.

Tout au long, sans doute par la grâce du vin absorbé, sur ses conseils, par petites gorgées, je m'étais senti gagner par une délicieuse sensation de bien-être, une irrépressible gaieté. Sans me départir d'un sourire béat, à peine entamé par la mastication appliquée de chaque bouchée de ce met succulent et inédit pour mes papilles de jeune Américain, je l'avais écouté me raconter son expérience de cuisinier dans un restaurant italien de la côte Ouest. Lui, qui savait à peine se faire cuire un œuf, avait appris en quelques mois à concocter les plats les plus élaborés de ce coin de Méditerranée. Déjà un peu pompette, j'étais si amusé par la représentation que je me faisais de Jimmy s'affairant devant ses fourneaux, vêtu de blanc avec une de ces toques bizarres dont se coiffaient les chefs français que j'avais aperçus, une fois, à la télévision, que je n'avais pas même songé à lui demander comment il avait atterri là-bas.

Et plus le temps passait, plus les courtes lampées de Valpolicella s'enchaînaient, plus il parlait. Et toutes ces spécialités italiennes dont il énumérait la composition, les saveurs, tous ces noms aux consonances magiques, faisaient une folle mélodie, une valse exubérante dont les tourbillons chaviraient mon esprit. Tortellinis, gnocchis, cannellonis, spaghettis... Des noms si étranges que je devais sans cesse les lui faire répéter. Et Jimmy riait de m'entendre rire, et le voir rire me faisait rire de plus belle.

Dès lors, tout était sujet à rigolade, le propos le plus banal, la réflexion la plus triviale. Que Jim, le tee-shirt collé à la poitrine, déclare qu'il fallait être complètement fous pour manger des lasagnes brûlantes par cette chaleur d'enfer et j'étais plié en deux, les mains cramponnées à mon estomac endolori par la violence des spasmes que rien ne semblait en mesure d'endiguer.

Mort de rire, je l'étais encore après que Jimmy, remplissant son verre pour la troisième fois, eut doucement repoussé celui que je lui tendais en déclarant avec une voix comique :

« Oh, non ! Ça, je ne crois pas ! »

Et puis il s'était levé pour se préparer un café, un bref coup de vent avait fait claquer la porte grande ouverte contre le mur et le dernier écho de nos plaisanteries s'était perdu.

Avachi sur ma chaise, un coude sur la table et la tête posée dans la main, je sentais mon regard glisser pesamment de la fenêtre au-delà de laquelle j'avais tenté de l'accrocher à quelque chose de tangible, un arbre, un corbeau perché sur un arbre.

« Tu bois du café ?

– Euh… Non ! » dis-je aussi vivement que possible.

Pour me redresser aussitôt et offrir à Jimmy à l'instant où il se retournait, sans doute intrigué par le son de ma voix, un sourire plein de bonne volonté.

« Moi non plus, à ton âge ! »

Les borborygmes de la cafetière avaient achevé de remettre de l'ordre dans mes idées, Jimmy s'était rempli un grand mug en métal émaillé bleu pâle et, sa tasse d'une main, la cigarette qu'il venait d'allumer de l'autre, avait réintégré sa place.

« Si un jour tu prends goût à ce breuvage, un conseil, Billy, essaye ça, le pur arabica, c'est le meilleur qui vaille ! »

À demi somnolent, je ne le quittais pas des yeux. Lui-même laissait errer son regard sur les murs nus, sur l'évier ébréché où par intervalles claquait une goutte d'eau patiemment suintée d'un vieux robinet de cuivre, sur la petite fenêtre dont la peinture jaune, écaillée par plaques, laissait apparaître le bois gonflé, sur le plafond presque noir à l'aplomb de la cuisinière envolée, sur le sol de planches mal équarries à la main, sur la porte grande ouverte, par laquelle se faufilaient lentement des écharpes de fumée. Pour finir au fond de sa tasse, vide, où il avait lâché son mégot. Ses yeux avaient alors rencontré les miens. Des yeux las et tristes, d'un vert sombre et brillant.

« Tu as connu mes parents ? dit-il d'une voix sourde en reposant délicatement son mug sur la table.

– Pas bien ! dis-je en regardant les derniers lambeaux de fumée s'exhaler de la tasse. Ton père me faisait un peu peur. Des fois, quand je passais pour aller au fleuve, il s'arrêtait pour me suivre des yeux d'un bout à l'autre, jusqu'à ce que j'entre dans les bois. Il disait rien, il bougeait pas, et moi, ça me foutait la trouille. Une fois ou deux, on s'est croisés sur le chemin, et pareil, il n'a pas répondu quand je lui ai dit bonjour. Je savais pas ce qu'il voulait. J'ai jamais su. »

Les deux coudes sur la table, le buste légèrement penché en avant, Jimmy me fixait sans un battement de cils, avec une intensité qui, chez un autre, m'aurait paru effrayante mais dont je percevais toute la fragilité. Je compris qu'il attendait que je poursuive, que je dise le peu que je savais, que je lui parle d'eux.

Je contai alors ce que j'avais entendu à leur sujet, sans rien dissimuler, sans rien ajouter, leur attente, les lettres de sa mère au sénateur Bundy, l'espoir qui les avait soutenus des mois durant. Et puis leur repli, d'autres mois encore, jusqu'à l'autodafé, par son père, de tout ce qui lui avait appartenu, qui entretenait l'illusion de sa présence, de son retour. Ses soûleries hebdomadaires chez Eleazar, son agressivité décuplée, les coups plus souvent reçus que donnés, et sa fin, là-bas, dans les bois, par une nuit sans lune, le nez dans une flaque. Je racontai sa mère restée seule à attendre en vain les réponses du sénateur Bundy à ses lettres, l'entretien des terres et de la ferme par Samuel Dixon, la pneumonie… tout, quoi ! J'avais déballé l'histoire sans fioritures, en évitant toutefois les mots définitifs ; Jimmy méritait que je le ménage un peu.

Je passai sous silence le pillage de la maison, soutenant son regard fixe pendant un temps interminable. Enfin, il s'était redressé et avec la lenteur d'un géant sonné, avait abandonné sa chaise pour aller cueillir une cigarette et son Zippo sur la tablette près de l'évier avant de traverser la cuisine et de gagner la sortie.

Je me levai à mon tour pour le rejoindre dehors, à la limite de la zone ombragée par le petit auvent. Comme je ne connaissais pas encore les mots qui ne servent à rien, tous ces *désolé, je compatis* que les adultes se croient obligés de servir quand ils devraient se taire, je restais là, un peu en retrait, les mains calées au fond des poches, plus silencieux que l'ombre d'une pierre.

« Merci, Billy ! » lâcha-t-il doucement.

Merci de quoi ? Je me demandais bien ! Tout ce que je venais d'évoquer n'était que détresse et ténèbres, le cheminement chaotique de deux âmes tourmentées. Une histoire tragique d'une tristesse infinie. Rien qui mérite que l'on me remercie.

« Peu de temps avant de quitter le pays, Butch est tombé sur son père, comme ça, par hasard, à Decatur. Ils ne s'étaient pas revus depuis des années et Butch savait très bien que son vieux racontait partout que ses deux fils n'étaient que des bons à rien, des ingrats, du gibier de potence. Mais il allait partir pour le Vietnam, il ne savait pas ce qui l'attendait là-bas ; son père, ce jour-là, semblait moins imbibé que d'habitude et comme, apparemment, il avait envie de lui parler, Butch ne s'était pas senti de le repousser. Le vieux lui avait demandé comment ça allait et Butch, bien sûr, lui avait dit qu'il avait été appelé sous les drapeaux. Il n'en attendait rien, il avait juste besoin de lui dire, c'est tout. Mais l'autre, face à lui, s'était figé, en proie à une émotion qui, bien qu'il s'en étonne, le laissait de marbre. Pourtant, quand il avait vu des larmes rouler sur ses joues, il n'avait pu réprimer pour ce père qui ne lui avait jamais inspiré que mépris et dégoût un élan de tendresse, le besoin de le prendre dans ses bras. Mais il y avait entre eux tellement de violence, la déchirure était si profonde qu'il s'était contenu, à s'en faire mal. Et puis le vieux lui avait pris la main, l'avait serrée de toutes ses maigres forces, avait approché son visage du sien et, les yeux plantés droit dans les siens, lui avait soufflé : *Tu peux pas savoir comme je suis fier de toi !*

« Butch avait senti un long frisson lui raidir l'échine. En une seconde, le merveilleux édifice qu'il venait de bâtir sur du vent s'était effondré, éparpillé à jamais. Il n'avait rien dit, avait arraché sa main d'entre les doigts froids de cet homme en lequel il avait cru, un instant, reconnaître son père et s'était éloigné sans un regard, vite, jusqu'à courir, avec la terrible sensation d'avoir parlé à un fantôme. »

Jimmy se tut. Il n'avait pas bougé d'un pouce, planté face à la cour où un coup de vent brûlant faisait danser la poussière.

Embarqué une fois encore dans les méandres de sa mémoire, je me laissais porter au gré de son courant aussi tortueux que celui du Mississippi. Un instant, je crus que nous étions engagés dans un bras mort au fond duquel, pris dans la vase, nous allions devoir patienter jusqu'aux prochaines grandes eaux pour faire marche arrière et reprendre le fil du fleuve. Mais c'était compter sans le talent de pilote de Jimmy ; ce que j'avais pris pour un échouage n'était qu'une habile manœuvre destinée à contourner un redoutable écueil.

« Le jour où ma feuille de route est arrivée, j'étais derrière la maison, à couper du bois. J'en avais déjà fait pas mal, il m'en restait autant et j'espérais avoir fini pour midi, bien décidé à profiter du temps qu'il me resterait pour aller pêcher, à la fraîche, dans une échancrure que j'avais repérée la veille, un peu en amont de Stanford. À un moment, j'ai aperçu, du coin de l'œil, mon père qui gagnait la remise de son pas habituel, un peu saccadé, la tête dans les épaules. Il ne m'a rien dit, ne m'a pas regardé, est monté sur son tracteur, a démarré et s'est élancé sur le chemin des champs. Au bout d'une cinquantaine de mètres, j'ai vu le tracteur s'arrêter et mon père qui me faisait signe d'approcher. Quand je suis arrivé près de lui, je l'ai vu plonger la main dans la poche de sa salopette, en sortir une lettre et, sans un regard, me la tendre en grognant: *J'en ai pas parlé à ta mère!*

«À peine je l'avais en main, il a redémarré. Je ne l'ai pas revu de la journée. Après ça, la maison s'est mise à ressembler à un tombeau. Ma mère, qui d'ordinaire ne s'arrêtait que pour manger, et encore, plus souvent debout qu'assise, désormais comme vidée de sa substance, restait prostrée devant son fourneau des heures durant, à contempler la cuisson des légumes, ou face à sa machine à coudre, un pantalon à raccommoder sur les genoux, sans même y toucher, les yeux dans le vide, pleurant en silence. Moi, je ne savais que dire, incapable de comprendre ce qui m'arrivait. Mais ma mère avait la religion pour elle, une foi inébranlable, et à force de prières, de nuits sans sommeil à supplier Dieu qu'Il épargne son fils, elle parvint à se ressaisir avant mon départ et à me restituer un peu de courage. Mon père n'avait que son travail et du plus loin que remontent mes souvenirs, jamais on ne le vit si peu à la maison. Il n'y était pas le jour où je suis parti.»

Jimmy avait marqué un temps, claquant le capot de son briquet à un rythme lent, régulier, accordé, peut-être, aux battements de son cœur ou à la mécanique de ses pensées. Sans l'interrompre, il avait tourné la tête, comme alerté par un bruit, un mouvement, vers le chemin d'accès à la ferme où rien ne bougeait, était resté ainsi un court instant puis avait cessé de battre je ne sais quelle mesure pour regarder enfin vers moi, un fragile sourire aux lèvres.

«Tout au long de ces années, chaque fois que j'ai pensé à la maison, c'est-à-dire souvent, à la vie ici, à mes parents, la même interrogation revenait me hanter, une question obsédante à laquelle, par n'importe quel bout que je la prenne, j'étais totalement incapable d'apporter une réponse. Maintenant, je sais.»

13

Le soir approchait. La lumière se drapait d'un voile blafard, déjà nuancé de cette grisaille qui, plus tard, l'envahirait jusqu'à le saturer de nuit. Mais les ombres étaient encore franches, le ciel aveuglant, les oiseaux silencieux et la chaleur, alourdie de toute l'humidité arrachée depuis l'aube à la terre et au fleuve, plus accablante que jamais. Un peu moins au fond de la vieille grange où nous nous étions retranchés.

Tout à l'heure, Jimmy était venu y chercher un banc afin que nous puissions nous asseoir sous l'auvent, devant la maison, et bavarder en sirotant quelque chose de frais. Un banc qui s'était trouvé là, jadis, avant son départ, bien avant la grande curée de ce début d'année.

Une heure plus tard, avec deux grands cartons pour sièges et la glacière remplie de bouteilles de Coca posée entre nous, Jimmy et moi avions, sans bouger d'un pouce, parcouru bien des miles, enjambé trois États, quitté un Sud rural pour un Nord indistinct, froid et sec. Et nous n'étions pas au bout du voyage. Comment il avait démarré ? Par un nom qui me brûlait les lèvres et l'imagination, que je n'avais pas prononcé, là-bas, au bord du lac

Noir, mais qui était la clé de voûte de cet *après* que je lui réclamais et qu'il m'avait promis.

« Chicago ! Raconte-moi Chicago ! »

Adossé, comme moi, à la cloison, la tête appuyée aux planches noires, Jimmy parut, sur le coup, ne pas m'avoir entendu.

« Chicago ! répéta-t-il toutefois au bout d'un moment. La Ville des Vents, comme l'appelait Sonny Boy ! Et, bon Dieu, elle porte bien son nom ! Je crois que de toute ma vie je n'ai jamais eu aussi froid. Vingt-quatre heures plus tôt, je ne savais plus quoi faire de mes fringues qui me collaient à la peau et là, d'un coup, je me retrouvais en plein hiver, au beau milieu d'une ville comme je n'en avais encore jamais vu, transpercé par un blizzard d'enfer venu en ligne directe du Canada par le Lac Michigan. Une vacherie pas possible ! »

Pour un peu, malgré les trente degrés qui régnaient dans la grange, il en avait encore des frissons. Puis Jimmy avait posé sa bouteille vide sur la glacière, tout près du paquet de Lucky, et s'était positionné de façon à me faire face.

« Chacun à notre manière, là-bas, on se raccrochait à ce qu'on pouvait pour ne pas perdre pied. Pour certains, c'étaient les parents qui écrivaient, envoyaient des colis. Pour d'autres, c'étaient l'équipe de foot, les virées du samedi soir avec les copains qui racontaient leurs derniers exploits et leur en promettaient d'autres à leur retour dans des lettres où tout sonnait faux mais qu'ils feignaient de prendre pour paroles d'Évangile. Et puis il y avait les fiancées, bien sûr, toutes ces poupées qui leur juraient un amour éternel, qui les attendraient vaille que vaille, même si parfois la fréquence des courriers s'espaçait, que les déclarations perdaient de leur flamme, même si elles finissaient par ne plus écrire, ou une dernière fois, pour avouer qu'elles avaient rencontré Johnny.

«Mais quel que soit l'objet de nos pensées, ce qu'il y avait derrière tout ça, c'était le pays, cette foutue parcelle de terre où on avait poussé et dont on gardait un peu de la poussière collée au cœur, ce bout d'Amérique propre à chacun, ingrat ou généreux, ensoleillé ou glacé qui constituait tout notre héritage, le terreau de notre vie, notre seul refuge.»

La sueur perlait de son front en fines gouttes. D'un geste lent et mécanique, Jimmy s'épongea les yeux et les sourcils du plat de la main qu'il essuya sur son tee-shirt humide et tourna la tête vers moi.

«Sonny Boy, lui, c'était Chicago qui lui revenait dans ces moments-là, et les yeux de sa mère, et les rires de sa petite sœur, et une certaine Betty dont il parlait peu mais qu'il citait parfois, dans son sommeil ou à voix basse, mêlant son nom aux prières qu'il adressait à Jésus, les yeux grands ouverts, agrippé à son fusil comme à une croix. Cette croix qu'il avait dessinée à l'intérieur de son casque, qu'il touchait du bout des doigts avant de l'effleurer d'un baiser chaque fois qu'il partait au combat. Alors qu'on aurait tous été capables de dessiner le portrait de sa mère et de reconnaître sa sœur si on l'avait croisée, tellement Sonny Boy nous parlait d'elles, cette Betty était un mystère, et jamais aucun d'entre nous n'aurait commis le sacrilège de l'interroger à son sujet.»

Jimmy avait tiré une dernière bouffée à sa cigarette grillée jusqu'au filtre avant de la glisser dans le goulot de sa bouteille vide.

«T'as déjà entendu jouer de l'harmonica?»

Il m'avait demandé ça sans annoncer la couleur, comme un brusque coup de volant, sans raison apparente, au beau milieu d'une longue ligne droite.

Je passai en revue les expériences musicales de mes premières années, le furieux crincrin du vieux Teddy Carter, la washboard électrisante de Flesh « Mo » Flint, le banjo démentiel de ce grand échalas de Jérémiah Hopkins, le tout constituant le fameux « Mississippi Farmer Band » dont l'inépuisable répertoire de polkas endiablées, d'Appalachians étourdissants et de valses irlandaises enfiévrait sans faillir noces, baptêmes et foires de comté. Un ensemble que dominait Roy Hoggart, virtuose du yoddle haut perché, mais surtout de l'harmonica à lames doubles dont il jouait avec une rapidité stupéfiante, lui arrachant des accords improbables reproduisant à s'y méprendre le ahanement d'une machine à vapeur ou le grincement d'une poulie, quand ils ne vous susurraient pas des ballades pathétiques.

Voilà ce que je confiais à Jimmy qui, pour les avoir connus, aimés et oubliés, ne put réprimer un sourire attendri à l'évocation de ces diables de Mississippi Farmer.

« Sûr que ce vieux Roy était un phénomène ! admit-il en s'emparant d'une nouvelle bouteille de Coca qu'il s'appliqua sur la nuque avant de la décapsuler. Sonny Boy aussi, à sa manière. Sauf que son inspiration à lui tirait ses racines du terreau fécond du delta du Mississippi.

« Jusqu'à quinze ans, ce qu'il connaissait de la musique c'était la soul, plus ou moins aseptisée, qu'écoutaient sa mère et sa sœur. Ça ne lui déplaisait pas, mais ça restait un élément du décor, une sorte de bruit de fond familier, amical et réconfortant. Et puis, un jour, un oncle de

Detroit venu passer quelques semaines chez lui avait amené un disque en lui disant que la musique, la vraie, était là. Sonny Boy avait rigolé et son oncle avait mis son disque. Alors Sonny Boy avait cessé de rire et quand le disque était arrivé au bout, il l'avait retourné et remis au début. À la fin de la journée, il l'avait écouté dix fois et savait ce qu'il voulait faire, ce qu'il voulait être. Le blues était entré dans sa vie par l'entremise de celui dont, à ce jour, il prendrait le nom, un certain Sonny Boy Williamson, dieu vivant de l'harmonica.

« Dès le lendemain, il soufflait ses premières notes dans l'instrument que son oncle, séduit par son enthousiasme, lui avait offert. Un bel harmonica doré acheté bien des années plus tôt à un type qui lui avait déballé une drôle d'histoire à son sujet. À l'en croire, cet harmonica avait appartenu à un grand musicien de blues, un autre Sonny Boy Williamson, assassiné dans une ruelle, un soir, après un concert, précisément pour lui voler l'instrument en or, soi-disant doté du pouvoir magique de faire de son possesseur le plus grand musicien du genre. L'oncle n'avait pas cherché à savoir comment ce type se l'était procuré et la tête remplie de rêves de gloire et de fortune, il avait déboursé sans rechigner les trente dollars que l'autre en demandait.

« Des semaines et des mois durant, il s'était échiné à en tirer davantage que ce qu'il était parvenu à obtenir des harmonicas à deux dollars qu'il avait possédés jusqu'alors. Mais le miracle tant espéré refusait de se produire, il n'égalait pas même le niveau qu'il avait atteint avec les autres. Profondément déçu par ce revers inexplicable, mais sans perdre foi dans le pouvoir de ce petit bijou – il l'avait quand même payé trente dollars ! –, le bonhomme en revint à ses vieux instruments, trimballant partout avec lui, comme une relique, l'harmonica doré. En l'offrant à Sonny Boy, il eut le sentiment de lui faire un immense cadeau tout en espérant que, peut-être, le gamin saurait s'attirer mieux que lui sa bienveillance.

« Sonny Boy auquel, bien sûr, il n'avait rien caché des origines présumées de l'objet, convaincu d'entrée de jeu de ses vertus, s'était lancé dans l'apprentissage de la musique avec une fougue insensée. En moins de deux jours, il était capable de reproduire les morceaux entendus sur le disque de son oncle, et au moment du départ de celui-ci, une semaine plus tard, de jouer de l'harmonica dix fois mieux que lui. Du coup, l'oncle ne doutait plus d'avoir investi trente dollars dans le plus fabuleux des trésors, et que son neveu était l'élu auquel le pauvre Sonny Boy de l'histoire destinait depuis son paradis des musiciens son bien le plus précieux.

– Tu crois que c'est vrai ? » demandai-je, fasciné par ce récit où le merveilleux s'invitait dans la réalité avec la sérénité d'un vieil ami de la famille à un repas de Thanksgiving.

Mais j'ignorais encore tout du brouillard mystique dans lequel baignait le blues, ces histoires de musiciens métamorphosés en génies universels suite à leur rencontre, à minuit tapant, avec le diable à un carrefour perdu en rase campagne.

« Comment savoir ! dit Jimmy en secouant la tête. Ce qui est sûr, Billy, c'est que si tu avais entendu jouer Sonny Boy tu jurerais, comme on le pensait tous, là-bas, que c'est la vérité ! De toute ma vie, je n'ai jamais rien entendu de pareil ! Si tu avais entendu ça ! Certains racontent que le diable s'y colle quand un de ces gars te balance des morceaux qu'un simple mortel ne pourrait inventer. S'il faut expliquer ce talent par du surnaturel, pour ce qui est de Sonny Boy, vu comme il croyait en Dieu, ce ne pouvait être que Lui qui mêlait Son souffle au sien. Quand il s'y mettait, tu ne savais plus si tu avais envie d'applaudir à tout rompre, de hurler de bonheur ou de tomber à genoux en pleurant comme un gosse. Il suffisait qu'il sorte son harmonica et y colle ses lèvres pour que l'espace d'une demi-heure le monde paraisse plus beau. C'était bouleversant.

« Depuis qu'il s'était découvert ce don pour la musique, Sonny Boy savait exactement ce qu'il voulait faire. Et ça, c'est un foutu bon moyen de ne pas perdre les pédales. Avoir un but, savoir où l'on va, bon Dieu, c'est pas donné à tout le monde.

« Ouais, Sonny Boy savait ce qu'il voulait être, et ce qui l'attendait, une fois qu'il en aurait fini avec cette putain de guerre, lui donnait l'espoir d'en réchapper. Tout serait différent après, bientôt, là, dans quelques mois. Il y avait sa musique, bien sûr, qui lui procurait un bonheur fou et qui, il n'en doutait pas, le porterait au sommet. Oui, sa musique, bien sûr, mais il y avait aussi, surtout, ce mouvement en marche, engagé avant son départ et qui, de jour en jour, mois après mois, s'amplifiait, devenait plus puissant, si fort que rien, plus rien maintenant, ne pouvait le faire refluer.

« Chaque semaine, sa mère lui écrivait pour lui donner des nouvelles du pays, de la maison, des amis, mais surtout pour le conforter dans sa foi en l'avenir, le soutenir dans l'épreuve qu'il endurait au quotidien, dont elle n'ignorait rien. Pour l'informer, aussi, de ce qui se passait, là-bas, en Amérique, cet autre front où une autre guerre faisait rage, où chaque jour des membres de leur communauté étaient la cible d'un ennemi remonté à bloc, où chaque jour, des Noirs auxquels on déniait l'identité américaine étaient agressés, assassinés, tandis que d'autres, des milliers d'autres, se battaient, souffraient et mouraient au nom de l'Amérique. Ouais, là-bas, dans leur pays, à feu et à sang. Où plus rien, bientôt, ne serait comme avant grâce à un homme, un envoyé de Dieu, un nouveau prophète.

« Sonny Boy nous parlait de lui tout le temps. Pour lui, le pasteur King était le nouveau Moïse qui, sans haine, sans violence, conduirait son peuple vers la Terre promise. Il y croyait dur comme fer. Le pouvoir de sa seule parole avait déjà aboli tant de barrières, fissuré tant de tabous, leur avait assuré tant de victoires et King était si jeune, si déterminé. Sonny était convaincu que le pasteur King, pour lequel il priait chaque jour, avait choisi la bonne voie, la seule qui leur permette d'échapper au chaos. Cette foi était terriblement exigeante. D'une part, elle nécessitait la mobilisation d'une énergie folle pour entretenir l'espoir, une minuscule flamme chahutée par tous les vents contraires, et Dieu sait qu'ils étaient nombreux, et d'autre part, elle réclamait de celui qui la portait un courage et une volonté exceptionnels.

« Parce qu'il fallait être sacrément costaud, dans ces années-là, pour ne pas céder à la violence quand on était un Noir. Tout les y poussait depuis bien longtemps, mais là, l'espoir avait germé de voir les choses enfin changer, s'établir une égalité véritable, avec les mêmes droits, les mêmes chances. La porte de leur cellule, jusque-là scellée au plomb, soumise à une pression inouïe, s'était entrouverte. À présent, ils pouvaient apercevoir ce monde dont on leur avait toujours refusé l'accès, élaborer des rêves que pas un seul de leurs ancêtres, ni eux davantage, n'avaient jusqu'alors conçus dans leur meilleur sommeil. Tout était là, à portée de main, au prix de leur courage, de leur volonté, de leur travail, comme tout un chacun.

« Ça oui, il fallait être foutrement costaud pour résister, encaisser les coups sans broncher, endurer les mêmes injustices, subir, à Chicago comme ailleurs, moins cruellement peut-être que dans le Sud profond, mais quand même, les effets de la discrimination en gardant l'espoir d'un avenir meilleur, la foi résolue et inébranlable en l'avènement de ce jour dont on voyait poindre les premières lueurs à l'horizon. *Qui a déjà vu l'aube s'éclaircir sans que jamais ne se lève le soleil ?* C'était ce que disait Sonny Boy. Je ne sais pas d'où il sortait cette formule, peut-être l'avait-il inventée, mais on n'a jamais fait mieux.

« Ce qu'il a enduré au nom de cet idéal, personne là-bas, pas un de ceux que je connaissais, ni moi, ne l'auraient assumé.

« Notre section était, en gros, composée d'un tiers de Noirs. On était tous soumis aux mêmes règles, on combattait ensemble, on en bavait tous autant, mais quand on se retrouvait à la base, qu'on se relâchait un peu, on reprenait les mêmes marques qu'au pays, et s'il demeurait des fragments de cette fraternité acquise sous le feu ennemi, c'était quand même les Noirs avec les Noirs, les Blancs avec les Blancs. J'avais connu, dans la division d'où je venais, une plus grande intimité avec les soldats noirs. On buvait, on mangeait, on déconnait, on faisait la fête ensemble sans que ça ne pose de problème à personne. Dans notre section, les choses étaient différentes parce qu'il se trouvait parmi nous un petit groupe de gars très politisés, radicaux, qui, au vu de ce qui se passait au pays, de cette haine, cette violence redoublée qui s'exerçait contre les leurs, estimaient que la force seule leur permettrait d'obtenir satisfaction dans la reconnaissance de leurs droits.

« Pour ces gars, le Blanc, quel qu'il soit, était un ennemi potentiel et si, au combat, on était dans le même camp, de retour à la base c'était chacun de son côté. Ils n'étaient pas nombreux, mais ils exerçaient sur leurs frères une sorte d'autorité morale à laquelle il était difficile de se soustraire. Ça n'empêchait pas une forme de camaraderie, mais pas un d'entre nous n'aurait songé à s'immiscer dans l'autre groupe. C'était comme ça. Pour Sonny Boy, la situation était intenable. Le camp qu'il avait choisi, celui de Luther King, de la non-violence et de la négociation, apparaissait aux yeux des autres comme celui de la soumission, de la lâcheté.

« Selon leur vision, le pasteur King n'obtiendrait jamais du pouvoir blanc qu'une poignée de miettes pour son peuple. Ses prêches, ses grands discours et ses marches pacifiques n'étaient pour eux que des signes d'impuissance, des pleurnicheries susceptibles de donner bonne conscience aux Blancs qui soutenaient sa cause, trop contents d'accompagner un mouvement qui ne remettait pas fondamentalement en question l'équilibre des forces dans la société américaine et, dans le même temps, qui rassurait le pouvoir auquel, en quelque sorte, il faisait allégeance. L'assassinat de King leur donnerait tort : on n'élimine pas quelqu'un s'il ne représente pas un danger.

« Mais ça, c'est une autre histoire. En attendant, Sonny Boy, lui, devait faire face, d'un côté, à certains Blancs pour lesquels il n'était jamais qu'un sale Nègre –

et malheureusement ça ne manquait pas –, et de l'autre à ses propres frères qui le considéraient comme un traître parce que en plus de ne pas adhérer à leurs idées, il leur préférait la compagnie de Chet, Butch et la mienne. »

Jimmy, en secouant la tête de dépit, s'était épongé le front et le cou du plat de la main. Bien qu'une bonne heure se soit écoulée depuis qu'il avait entamé son récit, la touffeur, dans la grange, restait la même. Maintenant, il reprenait son souffle, relâchait un peu la tension accumulée au fil de sa narration.

Jimmy avait vécu des événements dont personne n'avait la moindre idée, traversé un océan de feu où beaucoup s'étaient abîmés, côtoyé des destins liés à celui de la Nation, forgé ses convictions sur l'enclume de la guerre, de la détresse et de la fraternité. En me livrant ses souvenirs, Jimmy ne savait pas qu'il ouvrait dans mon esprit une voie que je n'aurais de cesse d'embellir, de prolonger indéfiniment, qui deviendrait ma vie. Oui, je prenais là mes premiers cours d'Histoire et de tous ceux que j'ai depuis reçus et donnés, ceux-là furent les plus magistraux.

« La mort du pasteur King a été pour Sonny Boy un choc terrible », reprit Jimmy, comme poursuivant, à haute voix, une réflexion engagée en sourdine. « Une profonde blessure ! Tout ce en quoi il croyait, tous ses espoirs étaient réduits en poussière. Je sais qu'il ne mentait pas quand il m'a dit qu'il aurait préféré perdre les deux jambes sur une mine plutôt que ne se produise une chose pareille. Que valait la vie d'un soldat anonyme comparée à celle de King ! Il en mourait des dizaines chaque jour sans que le cours du monde en soit changé, alors que la disparition d'un tel homme venait tout bouleverser.

«Je ne pensais pas comme lui, mais qu'est-ce que je pouvais lui dire ? Moi, je voyais la vie au jour le jour et ce que je constatais, c'était que la veille de la mort de King, et le lendemain, et les jours d'après, notre enfer restait le même, et que chaque heure de plus passée à patauger dans ce bourbier était une heure gagnée. Et je savais que le moment venu de rendre notre paquetage, de poser les armes et de foutre le camp à l'autre bout de la planète, ce qui m'attendait ne pouvait être que meilleur, que je retrouverais ma vie d'avant et que ça me conviendrait très bien.

« Sonny Boy aussi savait ce qui l'attendait, et ce qu'il voyait derrière l'horizon le désespérait. L'aube s'était bel et bien éclaircie, mais le soleil ne se lèverait pas.

« La nuit de Sonny Boy fut de ces nuits profondes, sans étoiles, sans rêves, silencieuse et froide. Oh, il a continué à vivre, si manger, boire, marcher et se battre c'est vivre. Pour le reste, fini les rigolades, les parties de cartes, les longues discussions. Et surtout, fini l'harmonica. Quand il sortait de sa torpeur c'était pour donner des coups à un type des Black Muslims qui lui avait dit un mot qu'il fallait pas ou à ce gars du Tennessee pour un regard de travers.

« Personne n'avait rien vu venir. On était pourtant présents, ce jour-là, on a tous croisé le regard de ce type sans rien y lire de particulier. Et sans qu'il y ait eu le moindre mot échangé, le moindre geste, voilà Sonny Boy qui se jette sur lui et entreprend de lui faire passer le goût de la vie. Le gars était un costaud, mais Sonny Boy l'aurait tué, c'est sûr, si on l'avait laissé faire. Qu'est-ce qui avait bien pu se passer ? Peut-être qu'il l'avait confondu avec un autre, qu'il s'était trompé ? Il fallait qu'on comprenne, qu'il nous explique et lui, qu'est-ce qu'il nous sort ? Que ce gars est l'assassin du pasteur King! Conneries! Luther King venait d'être tué à Atlanta et ce mec était là depuis des mois. Mais pour Sonny Boy ce genre de détail ne comptait pas. Pour lui, que ce gars n'ait pas abattu physiquement King ne changeait rien à l'affaire. Il lui suffisait de savoir qu'il aurait pu le faire pour que cela justifie son acte. Et pour le comprendre, il lui avait suffi de croiser son regard, de lire, là où aucun d'entre nous n'avait rien vu, des pages entières du grand livre de la haine, les racines du mal qui les hantaient sans relâche, lui, ses frères et tout son peuple.

« On l'avait pas vu parce que nous étions blancs et que ce type était blanc, mais sur Sonny Boy, le message était clair. Il y avait répondu à sa manière. Chaque coup signifiait *pour mon père, pour mon grand-père, pour le père de mon grand-père, pour tous ceux qui ont précédé, pour ceux que je ne connais pas, mais dont je porte l'héritage, la marque des chaînes, la douleur, l'humiliation*. Voilà ce qu'il disait avec ses poings, ce sentiment brûlant qui le consumait, cette volonté de purger une haine qui l'empêcherait toujours de se savoir un homme comme les autres, cette évidence acquise sur les bancs de la ségrégation, dans les bus, dans les bars, partout où se côtoyaient les deux faces d'un même visage, mais dont l'une était condamnée à rester dans l'ombre de l'autre. Voilà ce qu'il affirmait, grognant de rage en frappant son adversaire. Mais le sang ne lave pas le sang, la haine n'efface pas la haine et quoi que Sonny Boy ait pu en penser, celui qui surenchérit à ce jeu maudit finit toujours par rafler la mise.

« Avec nous, il n'est jamais devenu agressif. Il restait simplement en retrait, dans son coin. On se faisait du souci pour lui, parce que pour s'en sortir, là-bas, il fallait un maximum de chance et un minimum de motivations. On en avait vu de ces mecs gonflés à bloc à l'idée de ce qui les attendait au pays, la promesse d'un bon job ou les beaux yeux de Molly passer à travers les balles, faire gaffe où ils posaient les pieds, savoir se coucher à temps ou se planquer quand il fallait. Des mois durant, tant que ça valait la peine. Jusqu'au jour où ils recevaient une lettre qui leur disait que la place dont ils rêvaient avait été pourvue, que le petit frère adoré s'était fait le shoot fatal ou que Molly s'était mariée avec un pote de l'équipe de football. Aucune arme au monde ne remplacera jamais les illusions perdues, et le gars qui baissait la garde quelques heures avait une chance sur deux de ne pas finir la semaine. Il fallait absolument que Sonny Boy remonte la pente, mais comment?

«J'avais beau chercher, je ne trouvais pas les mots. Mes encouragements sonnaient creux, l'enthousiasme que je tentais de lui communiquer était bidon et le pauvre sourire qu'il me décochait quand j'en avais fini me mettait au supplice. Chet aussi faisait de son mieux, mais si son analyse de la situation tenait la route quand il disait que Luther King, mort, serait encore plus fort que vivant, que la graine avait germé et que désormais plus rien ne pourrait empêcher l'arbre des droits civiques de pousser, prendre de la vigueur et se ramifier, son discours s'adressait à l'intellect quand la cible était le cœur.

«C'était là qu'il fallait frapper en usant des armes appropriées, pas des formules toutes faites ou des théories grandiloquentes, mais des sentiments sincères, vrais. Il fallait être capable de lui communiquer une émotion palpable, éprouvée par une âme vibrante, quelque chose qui pour lui ait un sens.

« Chet et moi n'étions pas en mesure d'exprimer un truc pareil parce que nous n'étions pas directement concernés par l'enjeu titanesque de cette révolution. Nous n'avions rien à perdre dans cette affaire, rien à gagner. Pour nous, il était sain, moral, juste que la communauté noire accède à la citoyenneté pleine et entière, que ses droits ne soient plus l'objet de débats, que tout Américain jouisse des bienfaits de la liberté dans une égalité parfaite. Nous aurions été prêts à nous battre pour cette idée tant elle méritait d'être défendue, bien plus que celle pour laquelle nous risquions chaque jour notre vie. C'est vrai, pour Chet et moi, les valeurs de cet engagement étaient indissociables de ce qu'incarnait l'image de l'Amérique, le symbole même de la démocratie, de la liberté et de la civilisation. Une belle, sublime, grandiose idée, mais une idée, rien qu'une idée.

« Butch, lui, voyait les choses autrement. Et sa parole parvenait aux oreilles de Sonny sur un ton bien différent de la nôtre.

« Comme tous les petits Blancs du Sud, ou presque, Butch avait appris que pour survivre dans une telle société, préserver un semblant d'identité, ne pas sombrer au fond du trou, devenir alcoolique comme son père ou finir par se tirer une balle dans la tête, la seule façon de s'arroger une légitimité était d'admettre que sa couleur de peau lui octroyait une supériorité de fait sur les Noirs. C'était sa seule fierté, mais c'était mieux que rien.

« Butch avait été raciste. Un raciste ordinaire qui n'avait jamais frappé ni insulté un Noir, mais qui n'aurait pas songé à l'appeler autrement que Nègre et moins encore admis d'en voir un attablé dans le même restaurant que lui.

« Mais avec cette guerre Butch avait été arraché à son petit monde, au ghetto social qui lui avait toujours servi de référence, avait découvert la solidarité dans un univers d'ultra-violence où chacun était comptable de la vie de son semblable, avait côtoyé des Chet qui ne le regardaient pas de haut, le traitaient en égal. Et Butch avait rencontré Sonny Boy. Ce qui s'était produit alors tenait de l'inconcevable. Quelqu'un lui aurait prédit ça quelques mois plus tôt, Butch serait parti d'un de ses éclats de rire capable de faire trembler les murs de cette grange ou lui aurait foutu son poing sur la gueule. Et pourtant c'était arrivé. Alors, de nous trois, lui seul savait que c'était possible, qu'il ne s'agissait pas que d'une idée creuse, un de ces vœux pieux auquel on feint de croire pour ne pas perdre espoir. Butch le savait parce que la bête habitait son cœur, qu'il l'avait affrontée et qu'il l'avait vaincue. Et si lui l'avait fait, d'autres pouvaient le faire.

« Je ne sais pas ce qu'il a raconté à Sonny Boy. Je sais seulement qu'ils ont parlé ensemble un très long moment et qu'après ça Sonny Boy a recommencé à sourire, repris goût à la vie et ressorti son harmonica doré.

« C'est cette histoire que j'étais venu raconter à sa maman, à sa petite sœur et à la Betty de ses rêves. Une histoire qui me brûlait les lèvres quand je me suis pointé, au matin, à l'adresse indiquée où une vieille femme noire m'a appris que la famille avait quitté la ville depuis plus d'un an pour une destination inconnue. Quant à la belle Betty, personne dans le quartier ne connaissait une fille de ce nom. Alors, j'ai gardé mon histoire pour moi. Jusqu'à aujourd'hui. »

14

Fidèle à elle-même, sourire démesuré et œillades friponnes, Connie Parker nous avait expliqué, schémas et cartes à l'appui, à quel point le gros anticyclone stationné au-dessus de nos têtes allait cogner salement dans les heures à venir. Ça allait faire vilain, et mieux vaudrait ne pas se trouver dans les parages au moment où la masse d'air froid déboulant du nord à la vitesse d'un dragster sur le Grand Lac Salé allait emboutir la baudruche surchauffée qui nous tenait lieu d'édredon depuis dix jours. Mains jointes en prière, regard suppliant et bouche en cœur, Connie nous intimait de rester bien sagement à l'abri entre dix heures du matin et quatre heures de l'après-midi, le temps que les deux titans, là-haut, se rentrent dedans et se filent les plus mauvais coups. Après, il reviendrait à chacun d'estimer à quel point il était préférable de prendre une douche chez soi ou dehors, l'eau du ciel, comme elle disait si bien, n'ayant jamais fait peur qu'aux poules mouillées.

Certes, l'humour de Connie Parker laissait à désirer et ses explications manquaient singulièrement de rigueur scientifique, mais sa bonne humeur, ses mimiques, ses bourdes, ainsi que les formidables volumes tendant à rompre chemisiers, tee-shirts et petites robes si ajustées à ses courbes qu'on les aurait dites cousues sur elle, étaient un spectacle garanti et, pour beaucoup de fermiers, une bouffée d'oxygène. Pour obtenir des prévisions détaillées, fiables et précises, mieux valait consulter, comme le faisait mon père et bon nombre de ses voisins chaque matin au saut du lit, la station météo de Jefferson City.

Moi, celles de Connie me suffisaient, et pas besoin d'être sorcier pour comprendre, à la lecture des cartes illustrant ce soir-là la confrontation déjà engagée entre la bulle bleue et la bulle rouge, que la compression de l'air chaud provoquée par la progression de l'air froid nous garantissait, avant que ne débutent les hostilités en fin de matinée, une nuit plus torride encore que les précédentes. Ne restait plus qu'à prendre son mal en patience.

C'est alors que je songeai à ce pauvre Sleepy planqué sous sa cabane, auquel, comme chaque jour, j'avais rendu visite en fin d'après-midi et qui, de son trou de terre battue, l'œil un peu las et la mine renfrognée, m'avait fait comprendre qu'il commençait à trouver le temps long. Aux premiers coups de vent un peu sérieux, il réintégrerait la maison et le canapé, mais en attendant, pour lui comme pour tout un chacun, les heures à venir constitueraient une ultime et rude épreuve. Aussi, ayant rempli un bol d'eau froide assortie d'une grosse poignée de glaçons, je gagnai sa retraite pour le substituer à la gamelle d'eau tiède placée là quelques heures plus tôt.

Dans le faisceau de ma lampe torche, Sleepy, fidèle au poste, semblait résigné à son sort, paré, après s'être envoyé les deux tiers de sa ration de croquettes, à affronter stoïquement une nouvelle nuit à la belle étoile. Je la lui souhaitai donc aussi agréable que possible et me dégageai du soubassement de l'atelier.

«Pas encore crevé?»

Je me redressai si brusquement que ma tempe et mon oreille droites heurtèrent violemment le bord rugueux du plancher saillant. Si j'en éprouvai une vive douleur, la trouille bleue que m'inspirait la présence d'Oncle Homer dans cette cour déserte et obscure, hors de vue de la maison, la reléguait d'emblée au second plan.

«Si ça tenait qu'à moi, y a un moment déjà que j'lui aurais foutu un coup d'fusil, à ç'ui-là et aux autres! Sauf que ta mère, après ça, m'arracherait les yeux et m'écorcherait vif! Pas d'accord, Billy?»

Il avait prononcé mon nom sur un ton si plein de mépris que j'en eus froid dans le dos. Planté en travers de mon chemin, à deux pas de moi, pris dans le faisceau tremblotant de la lampe que j'avais instinctivement braquée sur lui, Homer me fixait de ses petits yeux méchants.

«Enlève-moi ça de la gueule, nom de Dieu!» grogna-t-il en balayant l'air d'un geste rageur.

J'abaissai aussitôt ma lampe à hauteur de son énorme ventre, découvrant dans sa main droite une canette de bière qui, à en juger par le timbre légèrement pâteux de sa voix et la qualité de son humeur, n'était sûrement pas la première de la soirée.

Ainsi donc, voilà en quoi avait consisté ce fameux bol d'air duquel il avait prétexté se mettre en quête sitôt le repas achevé. Nul n'avait cherché à en savoir plus, ni ma mère qui depuis une semaine n'échangeait avec lui que le strict nécessaire, pas davantage mon père, sans doute un peu las, après s'en être un temps amusé, des bavardages de son beau-frère. Et Kittie, bien sûr, moins encore.

Quant à moi, je n'aspirais à rien d'autre que de voir s'éloigner, même pour quelques heures seulement, la menace sourde que cet homme faisait planer sur moi.

Cela se passait de mots et, de fait, Homer ne m'avait pas adressé la parole depuis mon retour de chez Jimmy, mais un coup d'épaule «involontaire» tandis que nous nous croisions dans le couloir, des gestes équivoques comme celui de passer sur sa gorge un doigt ou de pointer sur sa tempe l'index et le majeur, et surtout, tout au long du repas, de sombres regards glissés sur moi à la dérobée traduisaient mieux qu'un discours ses redoutables intentions. Aussi, me retrouver face à lui, à l'écart des miens et à la nuit tombée, ne me laissait rien augurer de bon.

«Alors, vas-y! J't'écoute! lança-t-il après s'être envoyé une longue rasade.

–J'vois pas ce que je pourrais te dire!» répliquai-je aussi crânement que possible.

Homer était éméché, mais pas au point de risquer d'ameuter du monde en poussant une gueulante. Au contraire, ce fut d'une voix contenue, mais bigrement inquiétante, qu'il riposta.

«Me dis pas que t'as déjà oublié ta leçon, p'tit con! Pour quelqu'un qui fait des études, c'est pas bien fort! Tu sais quoi? On va réviser ensemble, hein? Et si ce coup-ci ça rentre pas dans ta cervelle de moineau, j'te promets que j'connais la bonne méthode! Qu'est-ce que j't'ai dit, l'aut'jour? Qu'est-ce que j't'ai dit? J't'ai dit que j'aimais pas qu'on s'foute de ma gueule! Tu t'rappelles? C'est pourtant pas si vieux, putain! Y a pas un mois, y a pas six mois, y a pas un an! Hein? C'était quoi? Y a deux, trois jours! Alors, viens pas m'dire qu't'as déjà oublié, ou j'te file une trempe!»

Dans le faisceau de la lampe que je m'efforçais, en vain, de stabiliser, je voyais son buste tanguer d'avant en arrière et sa main, armée de la canette d'aluminium, s'agiter si frénétiquement au fil de ses paroles, qu'une partie du liquide qu'elle contenait finit par gicler sur sa poitrine.

« Non ! » abandonnai-je tout bas, inquiet de la tournure que pouvaient prendre les choses.

« Eh ben, voilà ! C'est quand même pas compliqué ! Il suffit de savoir se faire comprendre ! J'suis sûr que j'aurais fait un bon prof, moi ! Hein ? Meilleur que ces bons à rien qui vous foutent de la merde dans la tête ! Pas vrai, Billy ? »

Séduit par ses propres inepties, Homer hoqueta un vilain rire dont tout le gras de son corps répercuta les ondes en saccades.

« Nom de Dieu ! » conclut-il avant d'absorber une nouvelle gorgée.

Sa bedaine, débordant largement la ceinture de son pantalon, était encore agitée de spasmes lorsqu'il reprit l'offensive.

« Bon, allez, fini les conneries ! Qu'est-ce qu'il a dit, ton copain ?

– Quoi, qu'est-ce qu'il a dit ?

– Recommence pas Billy, putain ! » éructa-t-il, hors de lui. « J'sais très bien où t'étais c't'après-midi ! J'vous ai vus d'vant chez lui ! Alors, qu'est-ce qu'il a dit quand tu lui as répété c'que j't'ai dit d'lui dire ? »

Dans son emportement, Homer avait fait un pas vers moi. Je reculai d'autant. La tension qui, d'un coup, était montée d'un cran, avait eu pour conséquence de secouer la torpeur dans laquelle j'étais plongé depuis le début de notre confrontation. Désormais, je me tenais sur mes gardes, les sens en éveil, bien décidé à ne pas me laisser gober sans opposer une résistance farouche.

« Il a rien dit ! » déclarai-je froidement, le regard fixé sur son nombril, au beau milieu du rond de lumière que je prenais pour point de référence.

« Comment, il a rien dit ? répéta bêtement mon oncle. C'est pas possible ! Il a bien dû dire quelque chose ! Allez, Billy, arrête de jouer au con ! »

Sa voix se voulait menaçante mais c'était bel et bien la déconvenue qui dominait. En tout cas, il ne bougeait plus.

« Non, il a rien dit ! Et tu sais pourquoi il a rien dit ? » balançai-je en bandant tous mes muscles.

Il dut hausser les épaules parce que son nombril remonta de quelques millimètres.

« Non, pourquoi ? »

Mes cheveux collaient à mon front, mon tee-shirt à mon dos et mes doigts de pied étaient crispés dans mes baskets lorsque je lui lançai avec précipitation :

« Parce que je lui ai rien dit ! »

Il beugla quelque chose comme *putain de salopard* au moment même ou son corps se jetait en avant. Simultanément, j'éteignis ma lampe et fis un bond de côté, le laissant embrasser un souvenir de moi, puis quelque chose que je n'identifiai pas dans l'obscurité, mais qui devait être dur et solide.

Homer poussa un cri de rage et de douleur, m'accabla d'injures et lança dans ma direction sa canette presque vide que j'entendis rebondir sur une plaque de tôle. L'urgence, à présent, était de fuir le plus vite et le plus loin possible cet homme ivre d'alcool et de fureur. Je n'avais plus que ça en tête, filer me mettre à l'abri, traverser à toutes jambes cette cour que je connaissais comme ma poche, me réfugier dans la maison et grimper dans ma chambre où, je le savais, je serais en sécurité.

Au moment où j'atteignais mon but, une pierre vint frapper la porte vitrée du salon, mais je m'en foutais bien, Homer, était loin derrière. J'avais gagné. Me restait à traverser la maison plongée dans le noir et à grimper l'étage au pas de charge.

Là, je tombai sur Kittie, sortant de la salle de bains pour rejoindre sa chambre.

« D'où tu... Mais tu saignes ! » s'affola-t-elle, à voix basse, en fixant ma tempe.

La main que j'y portai instinctivement s'empoissa aussitôt d'un jus gras et rouge.

« C'est pas grave ! » lâchai-je, simplement étonné de constater que le coup que je m'étais donné contre l'extrémité du plancher avait été si rude.

Kittie, dans un élan de mère poule, pesant de tout son maigre poids sur mon épaule pour me forcer à m'incliner vers elle afin d'inspecter ma plaie de plus près, s'interrompit soudain, les yeux braqués vers le bas des marches.

Le visage empourpré, tout ruisselant de sueur, Homer fixait sur moi un regard cruel. Je le soutins longuement, non sans crainte, mais armé de la certitude qu'il ne se hasarderait pas à franchir la ligne rouge en tentant quoi que ce soit à deux pas de la chambre de mes parents. Enfin, sans un mot, sans plus de bruit qu'il n'en avait fait pour parvenir jusqu'ici, Oncle Homer abandonna la partie.

Lorsque la porte se fut refermée sur lui, je soufflai à ma petite sœur abasourdie :

« C'est bon, Kittie ! Va te coucher ! »

J'embrassai ses cheveux et attendis qu'elle ait gagné sa chambre pour entrer dans la mienne.

La tempête s'était annoncée, vers les quatre heures du matin, par un coup de vent en rafales qui avait envoyé balader tout ce qui pouvait l'être, secoué rageusement une bonne partie du reste et buté contre la maison avec l'acharnement d'un taureau furieux. Un peu avant six heures, il devint si méchant que les fenêtres parurent sur le point de céder. Le toit, je le jurerais, se souleva pour retomber lourdement sur sa base, produisant un bruit sourd et une onde de choc qui ébranla les murs avec la brièveté d'un mini-tremblement de terre. Un long moment encore, il s'appuya, cogna, se déchaîna contre la maison avec une violence redoublée. Puis il s'apaisa peu à peu, pestant, de temps à autre, en quelques sursauts bravaches, jusqu'aux premières lueurs de l'aube où il se résolut à ne plus agiter que les branches d'arbres les plus graciles.

Au moins, la température avait baissé. La nuit durant, elle n'avait cessé de grimper, atteignant plus de trente degrés après que j'eus bouclé la fenêtre afin de me prémunir de la violence des bourrasques. Ma chambre s'était transformée en une étuve où l'air, devenu si lourd que je le sentais peser sur moi, me plaquait sur le lit. Dans ces conditions, bien sûr, pas question de dormir.

Ainsi avaient filé les heures, chaotiques, épuisantes, jusqu'à cette aube fade où, penché à la fenêtre, j'aspirai à pleins poumons l'air régénéré par les prémices de la tempête.

Le jour, pourtant, fut lent à se lever tant la couverture nuageuse jetée sur le pays était épaisse. Quand il y parvint enfin, tout ce qu'il put produire était une lumière grise dans laquelle arbres, maisons, et chaque élément de ce décor matinal se fondaient tels des fantômes tristes. Là-haut, dans le charivari de masses ardoisées qui nous tenaient lieu de ciel, se précisait l'imminence du combat annoncé par Connie Parker. Déjà, par intermittence, de brefs sillons électriques veinaient en silence les monstrueux nuages sombres.

Le jour se levait et avec lui tout ce que la nuit avait laissé en suspens.

À commencer par la méchante embrouille dans laquelle Homer m'avait embarqué. Plus moyen de faire marche arrière à présent, il fallait faire face, affronter l'adversaire et gérer les conséquences de l'escarmouche de la veille au soir. Comment? Je n'en avais aucune idée. Je décidai donc de laisser venir. Sans trop d'illusions. J'engageai la journée rongé par une angoisse croissante, chaque geste me rapprochant inexorablement de l'instant fatidique où je me retrouverais, nu et désarmé, face à mon tourmenteur.

D'abord, direction la salle de bains, tout juste désertée par mon père, lui-même succédant à ma mère, toujours levée la première et déjà attelée à la préparation du petit déjeuner. Après une douche salvatrice, je me préoccupai enfin de ma blessure. Le sang qui avait tant alarmé Kittie, séché depuis longtemps, couvrait en une croûte noirâtre, écaillée par endroits, une bonne moitié de ma joue droite et le lobe de l'oreille. Le coup avait été rude et la douleur, sur le moment, cuisante. Mais ce n'était pas bien méchant, quelques griffures à la base de la tempe, larges mais superficielles, et une entaille peu profonde à l'oreille. J'appliquai là-dessus, manquant lâcher la bouteille tant la réaction fut vive, une giclée d'eau oxygénée piochée dans l'armoire à pharmacie, avant, les dents toujours serrées, de me donner un rapide coup de peigne et de quitter l'étage.

Plongée dans une lumière crépusculaire, la salle à manger ne résonnait d'autres sons que ceux produits par les quatre personnes qui l'occupaient. Rien que des bruits de fourchettes, de couteaux et de verres. Mon père, comme à son habitude, penché sur son assiette, devait méditer les travaux à venir. Kittie, étonnamment soucieuse, tripatouillait, sans paraître lui accorder un réel intérêt, sa tranche de bacon noyée de jaune d'œuf. Son regard était vivement remonté vers moi, tandis que j'approchais de la table, avant de glisser discrètement vers son voisin de gauche.

Lourdement appuyé au plateau de formica, courbé vers son bol de céréales qu'il semblait protéger de ses avant-bras comme un chien sa gamelle, Homer n'avait pas bronché ni même semblé remarquer ma présence. Silencieux comme les autres, les traits empâtés par une longue nuit à lutter contre la canicule, les cheveux plus gras que jamais et déjà tout luisant de sueur, il évoquait davantage le pauvre erre en bout de course, mûr à point pour un refuge de l'Armée du Salut, que la brute redoutable dont le souvenir pénible me hantait.

Sans un bonjour, sans un baiser, sans un regard, comme d'habitude en somme, ma mère s'était levée pour aller quérir à la cuisine la poêle garnie de trois œufs et d'autant de tranches de bacon additionnés de deux pains au maïs frais du matin, qui constituaient mon solide petit déjeuner.

Durant les quelques minutes où elle fut absente, soucieux d'éviter un coup d'œil tordu d'Oncle Homer et de me soustraire au regard attendri de Kittie, je feignais de chercher alentour une quelconque distraction. Vautré sur le canapé avec la nonchalante placidité de celui qui n'en a jamais bougé, Sleepy me décochait de ces langoureuses œillades dont il avait le secret.

Ma mère revenue, mon assiette remplie, j'entamais, sans grande conviction, mon premier repas de la journée. Délaissant les petits pains au maïs, je mâchouillais sans enthousiasme une tranche de bacon. Kittie m'observait toujours. Homer n'avait pas bronché et, au bout de la table, mon père en finissait avec son bol de café. Dehors, à en juger par les ondulations frénétiques de la bâche de l'auvent, le vent du nord remettait le couvert.

« Tu prends pas de galettes ? » me lança soudain ma mère, l'œil sur mon assiette.

« Non, j'en ai pas envie. »

Si la stupéfaction produisait un son, celle qu'elle éprouvait alors aurait été l'équivalent d'un éclat de cymbales. Comment admettre sans ciller qu'un garçon qui vous engouffrait habituellement les pains de maïs comme des cacahuètes rechigne ce matin à leur accorder le moindre intérêt ?

« Qu'est-ce que t'as ? T'es malade ? »

Ce coup-ci, son regard s'était porté sur moi.

« Mais… c'est quoi ça ? Qu'est-ce que tu t'es fait ? »

Soudain alarmée, elle tentait de déterminer, d'un effleurement un peu brusque, la nature exacte de ce que la faible lumière ne lui permettait pas de définir.

« C'est rien ! Laisse ! dis-je en m'écartant.

– Dis pas que c'est rien ! T'as la joue en charpie ! »

Ma mère, qui d'ordinaire ne se souciait guère de nos états d'âme, s'enflammait, paradoxalement, pour le moindre de nos petits bobos. Et vraiment, elle en faisait des tonnes, parfois. Une coupure au doigt et c'était la gangrène qui menaçait. Une écorchure et un vent de panique soufflait sur les tiroirs jusqu'à ce qu'elle ait exhumé notre carnet de vaccinations et vérifié que l'arsenal prophylactique était à jour. Que les griffures dont s'ornait ma joue lui parurent de terribles lacérations susceptibles de mettre ma vie en danger, quoi de plus normal, donc. Toujours est-il que maintenant, il me restait, à défaut de la rassurer, à lui expliquer le comment du pourquoi.

Alors, je lui parlai de la chaleur du soir, de Sleepy, du bol d'eau, du plancher saillant de l'atelier, de l'obscurité et de ma précipitation, chronologiquement, en détail. De tout, sauf d'Oncle Homer qui, penché sur ses céréales, comme indifférent au monde non circonscrit par ses avant-bras, ne perdait pas une virgule de mon récit.

Une histoire à laquelle ma mère ne pouvait que croire puisqu'elle était vraie.

« C'est pas vrai ! C'est lui ! »

Kittie, raidie par une colère froide, pointait tout à coup sur Homer un index accusateur. Je tressaillis. Ma douce petite sœur venait d'allumer une mèche dont nul ne savait encore à quoi elle était reliée. Elle devait miser sur un baril de poudre, capable de faire sauter la façade de pacotille derrière laquelle s'était mis en place, depuis l'arrivée de notre oncle, tout un décor en trompe l'œil de faux-semblants, de fausses affections, et surtout d'envoyer voler loin d'ici la sale trogne d'Homer qu'elle avait croisée la veille au soir. Tout dépendrait de l'attitude de l'oncle, de la qualité de ses nerfs et de ses talents de manipulateur.

« Qu'est-ce que tu dis, ma poulette ? » s'enquit-il avec un sourire fatigué en tentant, comme par jeu, de saisir le petit doigt tendu vers son visage.

Un doigt vite retiré, déjà remplacé par le regard noir de ma mère.

« C'est quoi, cette histoire ? » tonna-t-elle, penchée sur la table, prête à bondir sur son frère.

« J'aimerais bien savoir ! » dit-il avec l'expression du gars qui, réveillé en sursaut, s'étonne de se retrouver au bas du lit.

« Menteur ! hurla presque Kittie. T'es qu'un menteur ! Je sais que c'est toi qui lui as fait ça ! J'ai bien vu comment tu le regardais hier soir, et tout le sang qu'il avait sur la figure ! Tu es méchant ! Méchant !

– Homer ! » lâcha ma mère d'une voix rauque, les poings serrés sur ses cuisses.

L'injonction l'avait ratatiné sur sa chaise où il faisait l'effet d'un petit garçon privé de dessert pour avoir été surpris à piquer des caramels chez l'épicier du coin. D'autant qu'il venait de comprendre, d'un rapide coup d'œil vers son beau-frère, qu'aucun secours n'était à espérer de ce côté-ci.

« C'est pas vrai, Lorraine ! C'est pas moi qu'a fait ça ! J'te jure ! J'l'ai jamais touché, ton fils ! Demande-lui ! Hein, Billy ? Dis-lui ! Dis-lui qu'j't'ai pas touché ! »

La supplique d'Homer m'inspirait dégoût et pitié. Kittie, face à moi, pupilles et narines dilatées, exigeait que j'enfonce le clou.

« Billy ! » dit ma mère, la gorge nouée.

Sa bouche sans lèvres verrouillée, impassible, mon père me couvait d'un regard brut, sans colère ni compassion. Je scrutais ses pupilles bleu pâle en attendant le signal.

« C'est quoi la vérité, fils ? demanda-t-il dans un battement de paupières.

– C'est comme j'ai dit ! Je me suis pris une planche en me relevant de sous l'atelier. »

Ma mère et Kittie grimacèrent. Homer, me désignant d'une main tendue, se tourna vers mon père. Lui ne me quittait pas des yeux.

Alors, je déballai tout. Les menaces de l'oncle, la bière, les injures, la tentative d'agression, ma fuite, la poursuite, la pierre, son regard au bas des marches. La vérité, toute la vérité, moins l'enjeu du conflit. Ma mère s'était dressée sur ses pieds avant que j'en aie fini, hérissée comme une chatte en furie.

Homer, livide, les yeux injectés de haine, les mains cramponnées au plateau de la table, se mit à gueuler :

« Ce salopard dit pas…

– Mitch ! » feula ma mère, les dents serrées, rouge, les veines du cou enflées.

Kittie tremblait comme une feuille, effrayée par une violence inaccoutumée, à deux doigts de pleurer. Elle avait reculé d'un bond, comme pour se mettre hors de portée du bonhomme furibond qui se souciait bien peu d'elle.

« Nom de Dieu, je… » éructa-t-il en bousculant son bol de céréales.

Kittie couina une plainte étouffée quand le poing de mon père s'abattit sur la table. Après ça, plus besoin de crier pour se faire entendre.

« Fous le camp, Homer ! Quitte cette maison ! »

Dehors, une grosse claque de vent fit valser un bidon d'essence qui s'en fut rouler à travers la cour et les premières gouttes de pluie, lourdes et espacées, éclatèrent sur le sol sec comme des billes de cristal.

Connie Parker n'avait pas menti. Ça allait péter. Fort.

15

Les trombes, les pluies battantes, torrentielles, dans la région, on connaissait bien sûr. Mais ce qui était tombé là semblait surpasser, en violence et en intensité, tout ce dont nous avions été témoins jusqu'alors. Voir dégringoler en un rideau dense et compact, d'une trame si serrée que le regard ne pouvait le traverser, une telle quantité de flotte était simplement fascinant.

Si quelques dégâts étaient à déplorer dans la zone de confluence de la rivière Des Moines et du Mississippi, le plus gros se situait en aval, à la limite de l'énorme agglomération dont Saint Louis est le cœur, tout de suite au nord de Saint Charles. Le Grand Boueux fait là un coude serré au sortir duquel son flot se mêle à celui du fleuve Illinois. Leurs eaux, ordinairement tranquilles, longent alors une bande de terre limitée au sud par le Missouri encore livré à lui-même sur quelques dizaines de miles. Ce jour-là, en raison des pluies diluviennes des dernières vingt-quatre heures, tous étaient dangereusement gonflés et la quasi-presqu'île dont ils léchaient d'habitude les flancs avec délicatesse avait subi leurs assauts conjugués.

Résultat, Orchard Farm, Portage des Sioux, West Alton et tous les champs environnants pataugeaient pitoyablement dans cinquante centimètres à un mètre de flotte. Plus au sud, les comtés de Cape Girardeau, New Madrid, Pemiscot, pour ne parler que de notre État, avaient également souffert. Toutefois, en dépit du spectacle affligeant que nous offrait généreusement KRCG-TV 13, le bilan provisoire se limitait à de simples dégâts matériels.

« Ça, j'l'avais bien dit ! » commenta simplement mon père en mangeant son ragoût de pommes de terre au repas du soir.

Peut-être, mais certainement pas à nous. Ce qu'il nous avait dit, en revanche, sans effusion de mots et avec autant de cérémonial que celui dont on use pour demander à son voisin de table la bouteille de ketchup, c'était qu'Oncle Homer travaillait désormais pour Slim Gardner. Pas de développement, pas de question, l'incident était clos.

Quand le bonhomme, sur la recommandation expresse de mon vieux, avait plié bagage sans demander son reste, nous avions facilement pu imaginer un déroulement plausible de la suite des événements. Envolé sans un mot, il devait, à l'heure où Kittie et moi nous apprêtions à partir pour l'école, avoir atteint la grand-route où avec un peu de chance il s'était dégoté un brave gars pour le prendre à son bord.

Pour quelle destination ? On s'en moquait, mais loin d'ici. Oui, n'importe où, au diable et même ailleurs, mais sûrement pas chez Slim Gardner, à moins de deux cents mètres de chez nous ! Comment les choses s'étaient goupillées ? On n'en savait rien. Mais il y avait fort à parier qu'entre un Homer en rupture de ban, prêt à donner son tee-shirt crasseux contre une niche où caser sa carcasse et un vieux rapiat solitaire en quête de main-d'œuvre disposée à accepter de travailler pour trois fois rien, le marché avait dû se conclure sans trop de peine. Toujours est-il qu'il faudrait se faire à l'idée de le savoir là, pour ainsi dire à deux pas, qu'il devenait de la sorte, qu'on le veuille ou non, quelqu'un que nous serions amenés à croiser au moins une fois par jour, notre voisin le plus proche somme toute, Oncle Tom mis à part.

Si la perspective de me retrouver face à lui d'un moment à l'autre devait me gâcher la fin du repas, je savais pourtant ne plus rien avoir à redouter d'Homer dès lors que mon père, doté à ses yeux d'une vénérable autorité, s'était immiscé dans son petit jeu. En même temps, je me disais que s'il n'était pas parti, s'il avait trouvé moyen de rester à Stanford, c'était peut-être parce qu'il n'avait pas dit son dernier mot, qu'il conservait dans la caboche un de ces coups foireux qui avaient fait sa réputation. Et je m'imaginais, les jours suivants, à chaque fois que je mettrais les pieds dehors, me retourner vingt fois pour m'assurer qu'il ne se trouvait pas quelque part, derrière moi, à m'épier, à me suivre.

Il n'était plus tombé une goutte d'eau depuis la veille, mais le ciel demeurait lourd. Ne restait qu'à souhaiter que la masse opaque et lisse collée à la voûte céleste ne nous dégringole pas sur le museau. Mais Connie Parker avait dit non, mon père également et Sleepy, entre deux coups de langue sur une patte qui ne dépasserait jamais le bout de ses moustaches, avait confirmé. Alors, à peine revenu du collège, je profitai de l'accalmie pour filer chez Jimmy.

Dérouté par l'absence du pick-up, j'hésitai à m'engager davantage sur le chemin menant à la maison. Sans Jimmy, la ferme redevenait hostile, comme reprise par les fantômes tristes et amers des Lamar. Quand il était là, ils laissaient le champ libre à leur fils, se tenaient tranquilles dans leur vallée d'ombres. Mais que mon ami tourne le dos et les voilà qui abandonnaient leurs linceuls tachés de la terre noire du cimetière pour revenir errer sur les lieux. Le froissement des herbes, c'étaient leurs pas sur le plancher rugueux. Le doux remuement des feuillages dans le vent, c'était leur souffle vaporeux. Le goutte-à-goutte glissant du toit, leurs larmes.

Mais j'étais venu jusque-là, je n'avais aucune envie de retourner sur mes pas et le fleuve, aujourd'hui, ne me disait rien qui vaille. Jimmy allait revenir d'un moment à l'autre. Il suffisait de patienter, quoi, peut-être cinq, dix minutes, et tout redeviendrait normal, le froissement des herbes, le remuement des feuillages, le goutte-à-goutte… Et puis les fantômes savent bien des choses. C'est pour ça qu'on les craint. Ceux des Lamar n'échappaient pas à la règle, et s'ils m'en avaient voulu pour les dégâts que j'avais causés à leur ferme, quelques semaines plus tôt, en compagnie des gamins de Stanford, ils ne pouvaient ignorer que je le regrettais sincèrement. Fort de ce sentiment, je m'enhardissais à aller me frotter à leurs silhouettes impalpables pour attendre le retour de leur fils.

À dix pas de la maison, un frisson glacé me lécha la nuque. Quelque chose ne collait pas. Pas de camion, pas de bruit, les fantômes, et pourtant la porte ouverte, l'indice d'une présence et personne dans la cuisine. Je me signalais à plusieurs reprises, chaque fois plus fort, plus angoissé par le silence en réponse.

Soudain, comme un poignard, un visage, une idée me transperça le cœur. Homer !

Je m'élançai aussitôt dans la cour. Jimmy était là, quelque part, sûrement puisque la porte était ouverte. Mais alors, qu'est-ce que les fantômes foutaient ici ? Mais peut-être qu'ils n'étaient pas là, qu'ils n'étaient qu'une illusion ? Oui, bien sûr, puisque Jimmy était là ! Mais, le pick-up ? Pourquoi n'était-il pas devant la maison ?

« T'as le diable aux trousses ? » lança-t-il en me voyant débouler dans son repaire.

Le pick-up était dans la grange, et Jimmy plongé dans le moteur.

Je balbutiai, le souffle court :

« La porte était ouverte... pas de camion... je me suis demandé...

– Je l'ai mis à l'abri ! Il commence à se faire vieux et avec toute cette flotte... »

Sans vraiment faire attention à moi, il s'essuya les mains à un vieux chiffon déjà noir de cambouis. Avant de repiquer du nez dans les entrailles de sa machine fatiguée.

Un bon moment, je le regardais s'activer là-dedans, enfoncé jusqu'aux coudes, englué de graisse brune et de sueur. Alors, bras ballants, je ravalais mon désarroi pour feindre de trouver à son activité un intérêt que la mécanique ne m'inspirerait jamais. Mais, en dépit de toute ma volonté, mes yeux dérivaient presque malgré moi des pièces du moteur à ses mains armées de clés et de pinces, à ses épaules puissantes sous le tee-shirt marbré d'huile, à son visage où je tentais de capter un regard, d'accrocher un sourire. Et je recommençais mon inlassable manège, moteur, mains, épaules, visage, dix fois, toujours déçu.

Ce qui se jouait là me déroutait. La grange, quelques jours plus tôt, si pleine d'une complicité que rien ne semblait en mesure de détrôner, ne résonnait plus aujourd'hui que du cliquetis froid des outils.

Je glissai un pas discret vers la cour. Puis un autre. Et un troisième. Doucement, imperceptiblement afin de m'éclipser jusqu'à paraître n'avoir jamais été là.

Jimmy s'était redressé et, appuyé des deux mains sur l'aile du pick-up, me considérait avec gravité. Puis il avait repris le vieux chiffon pour achever de le noircir de cambouis et, d'un pas pesant, s'était approché de moi. Qu'avait-il donc au fond des yeux pour que, durant l'instant, bref, où ils rencontrèrent les miens, quelque chose en moi parut s'effondrer ?

« Pars pas, Billy ! » souffla-t-il en se posant sur le pare-chocs avant du camion.

Je le contemplais, hébété, s'essuyer scrupuleusement paumes et phalanges à ce lambeau de chemise trop crasseux pour être d'une quelconque efficacité.

« Qu'est-ce qui se passe ?

– Il se passe que je… je ne sais plus très bien où j'en suis… ce que je veux faire de ma vie… Je pensais qu'en rentrant chez moi, je repartirais du bon pied, mais… Ce n'est qu'une impasse. Pour être sincère, si je ne t'avais pas rencontré, j'aurais plié bagage depuis longtemps. C'est compliqué, il y a tant de choses, de souvenirs… »

Les coudes sur les genoux, un peu voûté, Jimmy avait interrompu son récurage.

« Tu te souviens de cette promesse que nous nous étions faite, Butch, Sonny Boy, Chet et moi ? Je me suis souvent demandé comment mes parents auraient pris la chose si l'un d'eux avait débarqué ici pour raviver leurs plaies. Maintenant, je sais que mon père aurait écouté sans rien dire avant d'aller prendre son tracteur et de partir aux champs jusqu'à la nuit tombée. Ma mère aurait évoqué l'enfant que j'avais été, aurait sans doute emmené cet homme au bord du fleuve, lui aurait confié, avec un triste sourire, que c'est ainsi, que Dieu l'avait voulu, elle aurait peut-être caressé le visage de cet inconnu en lequel vivait encore un peu de son enfant. »

Jimmy, sans le savoir, invoquait les ombres que j'avais croisées en arrivant et dont la présence, en définitive, ne devait rien à mon imagination. Étaient-ce elles qui faisaient frissonner le silence subit? Ou celles de ces trois hommes dont la trace, longuement évoquée par Jimmy, se perdait entre les lignes d'un vieux cahier d'écolier mal rafistolé?

« Ces hommes, tes amis... Tu sais, j'ai lu, un jour, quelque chose que tu avais écrit. Qu'est-ce qui s'est passé? »

Je m'étais lancé sans réfléchir, mû par la volonté de connaître, avant qu'il ne soit trop tard, la destinée de ces personnages que Jimmy avait intégrés à ma propre histoire, qui n'étaient plus désormais pour moi de simples noms inscrits sur le mur de marbre noir du mémorial d'Arlington.

Son regard ne m'avait pas quitté et c'est tout juste si j'avais perçu un bref hochement de tête.

« Dix jours avant la fin de notre temps au Vietnam, lors d'une mission de routine dans la région du delta, notre section s'est trouvée prise sous le feu ennemi. Au terme d'un combat long, acharné, Sonny Boy, Butch, Chet et moi étions coupés de notre groupe. Épuisés, assoiffés, complètement perdus, nous avons fait halte dans un village. Les paysans étaient accueillants. Ils nous ont offert à boire, et je me souviens que des gamins s'amusaient des grimaces que leur faisait Sonny. Au bout d'un moment, je me suis éloigné des autres pour aller me rafraîchir à un point d'eau. J'étais là depuis deux minutes quand j'ai vu une vieille femme approcher de mes compagnons, un grand panier plein de riz entre les mains. Les enfants avaient disparu, plus aucun paysan n'était présent et le regard de la vieille, me découvrant soudain à l'écart, exprima un tel effroi que je compris aussitôt. Je n'eus que le temps de me jeter à terre quand l'explosion se produisit. Lorsque je me relevai, mes trois camarades gisaient sur le sol. Fou de rage et de douleur, j'ordonnai aux villageois d'enterrer leurs corps avant de regrouper la vingtaine de femmes et d'enfants et la dizaine de vieillards dans une maison où je projetais, afin de venger mes amis, de mettre le feu. J'y passai la nuit. À l'aube, la colère avait fait place à la désillusion. Je libérai les malheureux terrorisés et quittai le village, n'emportant avec moi que trois plaques de métal. Le soir même, je les ai remises au capitaine. Tout ce que j'ai gardé d'eux, ce sont des souvenirs, les plus sombres mais aussi les plus lumineux de mon existence. Et cette promesse… »

Le temps de tirer une dernière bouffée à sa cigarette, de lâcher le mégot sur le sol et de l'écraser machinalement du bout du pied, Jimmy reprenait :

« Cette promesse, pour ma part, j'étais bien décidé à la tenir. J'avais juré, d'accord, mais il n'y avait pas que ça. Ce qui m'importait, c'était de visiter les lieux où ils avaient vécu, de rencontrer leurs proches, leur parler, retrouver mes amis à travers leurs souvenirs, les faire revivre quelques instants avant de leur dire au revoir pour de bon. C'était important, pour ceux qui les aimaient comme pour moi. Mais tout ce que j'avais imaginé était tombé à l'eau.»

«Decatur avait été un échec mais, au moins, il y avait les lettres de Butch. Chicago, c'était pire. Je n'avais pas retrouvé les parents de Sonny Boy, rien appris sur Betty, et je me sentais mal dans cette ville froide et triste. La Californie alors? C'était loin, tout de même. Ma vieille Chevy commençait à accuser le coup sérieusement et moi aussi. Si elle me lâchait avant Denver...»

Les mains écartées, paumes vers le ciel, Jimmy avait la mine résignée du lutteur qui a rencontré plus fort que lui. Un soupir et il s'était levé pour aller se planter à quelques pas, à la limite de la cour.

«Dix fois, entre Denver et Reno, quelque part en plein cœur des Rocheuses, dans un blizzard d'enfer, ou plus tard au fin fond du Nevada, avec quarante degrés à l'ombre, j'ai cru que tout allait s'arrêter là. Mais bon, puisque cette foutue caisse avait tenu jusqu'à Denver, il fallait qu'elle m'emmène jusqu'au bout. C'était tout ce qui comptait, maintenant, finir la route.

«Quand au petit matin j'ai découvert San Francisco dans la brume, ce que j'ai éprouvé, ç'a été une émotion brutale, violente. Je suis resté un bon moment à contempler la baie déchirer tout doucement ses voiles de mousseline, à regarder la ville éclore comme une perle d'un nuage laiteux, à m'extasier de la révélation de l'océan. Longtemps. Jusqu'à ce que la métamorphose s'achève et que les premiers rayons du soleil enveloppent cette extrémité du monde d'une lumière cristalline.

«J'avais une adresse ou plutôt, une vague indication de l'endroit où je devais me rendre. Chet m'avait parlé de la

19e Avenue, au sud de la ville, d'une allée de pavillons, côté océan. Il nous avait juste précisé que la maison était jaune, qu'elle se trouvait au bout de l'allée et qu'il y avait une espèce de petit palmier rabougri planté devant.

« L'idée de rentrer bredouille une fois de plus me hantait toujours. Mais j'arrivais finalement sans trop de peine devant la maison au palmier. Personne à l'intérieur, mais un nom sur la boîte aux lettres, le bon, Kathleen Spark.

« C'était le milieu de la matinée et je ne savais rien de son emploi du temps. Elle pouvait être absente pour la journée, pour une semaine, ou avoir déserté la maison juste le temps de faire un saut au 7-Eleven. Je n'avais rien mangé depuis vingt-quatre heures, mais je ne voulais pas prendre le risque de la louper en partant chercher quelque chose à me mettre sous la dent. Alors, je me suis rangé de l'autre côté de la rue, décidé à l'attendre le temps qu'il faudrait.

« Quand je me suis réveillé, il était quatre heures passées et une Coccinelle crème était garée devant le garage de la maison jaune. »

La voix de Jim s'était assourdie au point qu'il m'avait fallu faire un effort pour percevoir ses dernières paroles. Il rafla son paquet de cigarettes sur le capot du pick-up et, l'ayant tâté d'un index aguerri, il le froissa avec une moue désappointée.

« On va boire quelque chose, Billy? » lança-t-il alors avec un semblant de chaleur.

16

Dans la cuisine où je l'avais suivi, il avait puisé deux Coca dans la glacière, les avait décapsulés et posés sur la table sans même en absorber une gorgée.

« Tu bois pas ?

– J'ai pas soif.

– Moi non plus ! » conclut-il avec un maigre sourire.

Il avait fait un pas au dehors et s'était assis sur le seuil de la pièce, où je l'avais rejoint sans tarder.

« J'aimerais que tu comprennes, Billy, c'est important ! »

J'acquiesçai d'un bref mouvement de tête, sans savoir ce qu'il y avait à comprendre et moins encore pourquoi c'était si important.

« J'avais une mission à accomplir, la dernière, et même si je me doutais bien que ça ne serait pas la plus facile, je songeais à ce qui viendrait après, mon retour à la vie, à la vraie vie ! Ce n'était plus l'affaire que d'une heure ou deux. Le temps de me pointer à la porte de la petite maison de l'autre côté de la rue, de me présenter et d'honorer la mémoire de Chet auprès de la femme qui avait partagé sa vie.

« Chet, bien sûr, nous avait parlé de Kathleen, un soir de blues, à l'occasion d'une lettre d'elle, ou à la veille d'une action risquée. Dans ces moments-là, chacun ouvrait son album de souvenirs d'où il tirait les plus belles histoires, celles qui lui réchauffaient le cœur et justifiaient la nécessité de survivre pour en connaître de semblables. Quand l'un de nous s'épanchait ainsi, nous l'écoutions sans impatience ni curiosité excessive, parce que le plus important n'était pas de savoir ce qu'il avait à dire, mais de lui permettre de le dire.

« Quand il s'y mettait, Chet, lui aussi, devenait un vrai moulin à paroles et, tu peux me croire, ça valait le détour. Cela tenait à sa façon de raconter, mais surtout au caractère inédit du monde qu'il édifiait devant nous. C'était un tourbillon d'images, des instantanés de vie insouciante : soirées de fiesta à Mission Dolores, virées entre surfeurs à Stinson Beach, nuits passées à s'enivrer de musique à Monterey ou à boire les mots des poètes beat dans les librairies surpeuplées de North Beach... Et puis l'univers inaccessible de l'université de Berkeley, où s'étaient forgés des destins fascinants, où se fomentaient des rêves grandioses, des carrières insensées et des révolutions pacifiques.

« De la Californie de Chet déferlait sur nous un vent de liberté. Nous l'écoutions avec avidité. Et quand il évoquait des auteurs dont nous ignorions jusqu'à l'existence, ces Steinbeck, Kerouac, London, Fitzgerald qui ne représentaient rien pour nous, dont on se fichait comme d'une guigne, alors on se prenait à rêver de les connaître aussi, tant il y avait de flamme dans sa voix et d'étincelles dans ses yeux.

« Oui, Chet était un bavard de génie et sûrement qu'il serait devenu, comme il le projetait, un grand écrivain. Je n'en doute pas un instant.

«Il nous en avait tant raconté que nous pensions tout connaître de lui. On se trompait. En réalité, nous n'avions eu accès qu'au Chet social, le fêtard, le surfeur, l'amateur de musique et de littérature, l'étudiant. Le Chet intime, lui, n'apparaissait nulle part dans ses récits. Pas un mot sur ses parents, d'éventuels frères et sœurs. Quant à Kathleen, nous savions qu'elle partageait sa vie depuis plus d'un an, qu'elle était étudiante en arts plastiques, qu'elle venait d'Eugene, Oregon, et que c'était une chic fille. On s'en était tous contentés et pas un de nous n'avait demandé à voir cette photo d'elle qu'il gardait toujours sur lui.»

Appuyé d'une épaule au montant de la porte, je ne l'avais pas quitté des yeux, hochant du menton de temps à autre.

«À aucun moment, je n'avais imaginé son visage, ni avant de frapper à sa porte, ni après l'avoir entendue crier: *Entre!* d'une voix confiante et enjouée. J'avais seulement attendu en m'efforçant d'accorder assez d'attention à une gamine à vélo, plus haut dans la rue, pour ne penser à rien d'autre. Du coup, on était à peu près à armes égales quand elle est apparue dans l'encadrement et qu'on s'est retrouvés face à face.

«La première chose qui m'est venue à l'esprit quand je l'ai vue, c'est qu'elle ressemblait à sa voix, fraîche et aimable, un sourire vaguement embarrassé aux lèvres pour se justifier en racontant quelque chose comme quoi elle pensait qu'il pouvait s'agir de son amie, Karen, qu'elle était à la cuisine, les mains dans la farine... Et puis elle s'est tue, et ses grands yeux bleus lumineux se sont subitement assombris, comme si ma présence à sa porte représentait une menace. Très vite, d'une voix inquiète, elle m'a demandé qui j'étais, ce que je voulais. Et face à son désarroi, j'ai eu la tentation de lui dire que c'était une erreur, que je m'étais trompé de maison, que j'étais sincèrement désolé du dérangement, et de m'en aller. Pourtant, je ne sais pas pourquoi, je lui ai répondu dans un souffle que je m'appelais Jim Lamar et que j'étais un ami de Chet Barstow.

«J'ai perçu un frémissement, comme si elle recevait un coup au ventre. Et j'ai compris qu'elle savait qui j'étais, d'où je venais et pourquoi, qu'elle redoutait cet instant auquel elle s'attendait pourtant depuis des années.

«Et puis, elle m'a invité à entrer d'un geste hésitant avant de refermer la porte et de me demander précipitamment de l'excuser, qu'elle avait quelque chose à finir, de m'asseoir, qu'elle revenait tout de suite. Je l'ai regardée traverser la pièce d'un pas pressé, tête baissée, et disparaître dans l'escalier menant à l'étage, où ne se trouvait certainement pas la cuisine. J'ai entendu ses pas résonner sur le plancher, au-dessus de ma tête, une porte s'ouvrir brusquement, et puis plus rien. Je ne savais pas quoi faire et je me suis mis à tourner dans la pièce pour trouver une occupation, me calmer un peu les nerfs, avant de me laisser prendre, tout doucement, par la magie des lieux.

«L'intérieur n'était pas extraordinaire, mais je n'avais encore jamais rien vu de pareil. Jusqu'à présent, tout ce que j'avais connu, c'était notre maison à Stanford, avec ses murs nus, son mobilier rustique, des dortoirs de soldats et des chambres de motels, impersonnelles, pas très nettes et puant le renfermé. Ici, tout était propre, de jolis rideaux pendaient aux fenêtres, de belles plantes vertes côtoyaient une foule d'objets précieux, de petites sculptures étonnantes, des œuvres d'art aux formes bizarres, quelques meubles semblables à ceux que j'avais vus au Vietnam.

« Et puis des livres partout, des murs couverts de livres, de voyages, d'arts, des romans, des livres anciens, et par endroits, des gravures, des photos, des affiches de films, des tentures chatoyantes et des toiles étranges, qui ne représentaient rien de connu, rien d'identifiable, mais sur lesquelles il suffisait de poser un regard pour être comme aspiré. Des toiles signées, tout en bas à gauche : K. Spark.

« J'étais planté devant l'une d'elles, lorsque j'ai perçu le craquement d'une marche. Elle se tenait tout près, confuse, les bras ballants, un timide sourire aux lèvres, ses longs cheveux bruns serrés dans un foulard indien. Je remarquai surtout ses yeux, plus brillants encore, soulignés d'une rougeur qui n'y était pas vingt minutes plus tôt.

« Elle m'a invité à prendre place sur le canapé et à partager une bière. Je n'aurais pas su dire à quoi c'était dû, l'endroit, l'esprit qui l'habitait, la manière dont les événements s'étaient déroulés depuis mon arrivée ou sa présence, la douceur, la fragilité et en même temps le rayonnement qui émanaient d'elle, une sensation de force, d'intelligence, mais je me laissais porter par le cours des choses, comme soumis à une volonté qui me dépassait.

« Vu les circonstances, l'objet de ma démarche, la réaction de Kathleen, tout ça, j'aurais dû éprouver de la gêne, un certain malaise mais, bizarrement, c'était tout le contraire, je me sentais plus détendu que je ne l'avais été depuis longtemps, et quand elle est revenue de la cuisine, qu'elle m'a tendu la bière et qu'elle s'est installée dans le fauteuil, face à moi, de l'autre côté de la petite table basse, les jambes repliées sous elle, sa bouteille à la main, et qu'on a commencé à boire, sans un mot, sans se perdre des yeux, j'avais le sentiment qu'on se connaissait depuis toujours. »

Ce que Jimmy contemplait, droit devant lui, avec une intensité douloureuse, le front plissé, les lèvres entrouvertes et le souffle suspendu ? Ça, j'avais beau n'avoir que treize ans, ignorer bien des choses et principalement celles-là, je pouvais l'imaginer.

« Toujours pas soif ? » me souffla-t-il avec un sourire un peu las, comme s'éveillant.

« Si ! »

Le clin d'œil qu'il m'adressa en m'empoignant le genou de sa large main traduisait davantage une profonde tristesse que la complicité qu'il croyait y mettre. Je le lui avais toutefois retourné avant de feindre un quelconque intérêt au vol plané d'un milan noir en dérive vers le fleuve.

De retour de la cuisine avec les deux Coca plus très frais, Jimmy alla s'appuyer contre l'un des piliers de l'auvent. Alors, tandis que le ciel de ciment virait lentement à l'anthracite, nous avons bu, sans réel plaisir, nos sodas tièdes. Le temps de reprendre notre souffle, quelques minutes à peine, l'espace d'une cigarette. Et puis Jimmy s'était assis sur le perron et nous avons repris la route.

« Je n'avais pas oublié pourquoi j'étais venu, bien sûr, mais ce qui se passait là était si nouveau pour moi, si inattendu que, durant quelques minutes, je crois que j'ai perdu le sens des réalités. Quand m'est revenu à l'esprit que j'étais là pour Chet, qu'il avait vécu dans cette maison, dans cette pièce, que ces meubles, ce cadre lui avaient été familiers, que ces livres, ces objets lui avaient appartenus et que cette femme, qui me fascinait, avait été la sienne, j'ai éprouvé un sentiment de honte, de trahison à son égard. Et l'idée de me lever et de fuir sans demander mon reste m'est apparue d'un coup comme la seule issue possible.

« Mais Kathleen s'est mise à parler, de sa voix paisible et confiante. Elle m'a demandé d'où j'arrivais, si le voyage n'avait pas été trop pénible, si je venais en Californie pour la première fois, si je n'avais pas eu trop de mal à trouver la rue. Je lui ai raconté mon périple à travers six États, mes problèmes de voiture, l'émotion ressentie, au petit matin, à la vue de San Francisco, ma déambulation dans Sunset à la recherche d'une maison jaune et d'un petit palmier rabougri. Un bon moment, à parler de choses sans importances, à sourire et à rire, sans se soucier du temps, de la lumière moins franche, de tout ce qui n'était pas nous. Jusqu'à ce qu'elle se taise la première, que son silence s'allonge au point d'emplir tout l'espace.

« Quand sa voix a refait surface, douce, sereine, un peu pâle aussi, Kathleen disait que le jour de son départ, Chet et elle se trouvaient exactement là où nous nous tenions. Qu'ils avaient bu une bière sans échanger un mot. Que cela avait duré longtemps.

« Puis Chet s'était levé, avait ramassé son sac, elle l'avait rejoint et ils étaient restés encore un long moment face à face, sans savoir que faire. Et il était parti. Kathleen était restée sur le pas de la porte tandis qu'il s'éloignait, guettant l'instant où, comme d'habitude, il se retournerait pour lui adresser un large sourire et un signe de la main, *à plus tard !*, à le suivre des yeux tandis qu'il remontait la rue et disparaissait sans jamais s'être retourné. »

L'histoire de Jimmy avait pris un drôle de tour, quittant peu à peu les routes familières, pour s'engager dans des contrées où je n'avais jamais mis les pieds. Je l'y suivais en aveugle.

« Quand elle m'a proposé de rester dîner, j'ai accepté, tout naturellement. Et quand, à la fin du repas, elle est montée dans la chambre, tout naturellement je l'ai suivie. Kathleen m'attendait depuis si longtemps et j'avais tant besoin d'elle ! Tout était si simple. J'étais revenu et nous nous reprenions, sans crainte ni remords.

« En restant, ce soir-là, je signais un pacte dont j'acceptais toutes les conditions sans même les lire. Du moment qu'il me liait à Kathleen, j'étais prêt à le signer avec mon sang, et si le nom, au bas du document, n'était pas le mien, peu m'importait, j'étais tout disposé à l'endosser, à m'en vêtir comme d'une peau nouvelle.

« Cette peau, Chet l'avait laissée en partant pour le Vietnam. Depuis, elle gisait, comme suspendue à la patère de l'entrée, désespérément inutile. Personne n'osait y toucher, accablé à l'idée qu'elle ne servirait jamais plus, et dans le même temps cruellement conscient qu'il faudrait bien, un jour, plus tard, la ranger, soigneusement pliée dans du papier de soie, à l'abri de la lumière et de la poussière, dans le grand placard de la mémoire.

« Cette peau, Kathleen l'avait si bien entretenue durant toutes ces années qu'elle n'avait pas pris une ride, qu'elle était, pour ainsi dire, comme neuve. Il suffisait de l'enfiler et, comme par magie, on entrait dans une autre dimension, un monde irréel, une vie plus riche, plus belle, plus vaste. En restant ce soir-là, sans le vouloir, mais sans me débattre non plus, je m'habillais de Chet, et je dois dire qu'il m'allait bien.

« Si bien que je ne devais plus le quitter pendant sept ans.

« Pendant sept années, tout ce que Chet m'avait raconté et qui m'avait tant fait rêver est devenu réalité, ma réalité. Les amis de Chet sont devenus mes amis. Les virées à Stinson Beach, les concerts à Monterey, les fêtes de Mission Dolores, tout ça m'a appartenu. J'ai lu ses livres, j'ai appris à aimer les auteurs qu'il aimait. J'ai pris goût au cinéma, et même à la politique. J'ai adhéré à des causes dont j'ignorais tout quelques semaines plus tôt. J'ai milité pour le respect de l'environnement, les droits des femmes, des homosexuels, des Natifs Américains, des Noirs…

« Moi qui avais obtenu mon brevet d'études secondaires parce que je n'étais pas parvenu à le louper et qui, tout au long de ma scolarité, n'avais songé qu'au jour où elle prendrait fin, je me suis inscrit à l'université pour entreprendre des études de journalisme. Grâce à la bourse du gouvernement et à mon boulot de cuistot, soutenu par Kathleen et mes nouveaux amis, j'ai été, comme Chet, un étudiant brillant. Au bout de quatre ans, comme lui s'il en avait eu le temps, j'ai décroché ma maîtrise. Et puisqu'il visait plus haut, j'ai bossé comme un fou, sans jamais désemparer, avec une volonté que je ne me serais jamais cru capable de déployer deux années de plus, jusqu'à l'obtention de ce foutu doctorat.

« Sept années durant, j'ai vécu une vie à laquelle rien ne me destinait, une vie extraordinaire, d'une intensité exceptionnelle, une vie qui, chaque jour, m'ouvrait un horizon nouveau, m'offrait une raison supplémentaire de la poursuivre. Comment s'en lasser ? Comment même envisager qu'elle prenne fin d'elle-même ? C'était irréel, tout simplement fabuleux ! Moi qui n'avais jamais eu ni projet, ni vie sociale, ni ambition, j'avais acquis, presque d'un claquement de doigts, une foule d'amis, une solide culture, une conscience politique, un diplôme d'une des plus prestigieuses universités du pays, l'accès à une carrière professionnelle des plus enviables, le respect, la reconnaissance de beaucoup, l'admiration de certains et par-dessus tout, l'amour d'une femme dont je partageais le quotidien, les jours et les nuits, dans les yeux de laquelle je puisais toute ma force, tout mon courage. »

Jimmy avait relevé la tête. Pour la première fois depuis une bonne demi-heure, il me regardait droit dans les yeux, comme si, de l'ornière dans laquelle il avait fini par s'embourber, il tentait de se raccrocher à un point fixe, un pieu solidement planté en terre où s'arrimer. Oui, Jimmy avait lancé sa corde vers moi et si, l'espace d'un instant, j'avais hésité, je l'avais toutefois saisie et je la tenais à deux mains.

Et je tenais bon, et Jimmy le savait.

« Bon Dieu, oui, une vie extraordinaire ! Mais la vie d'un autre. Mes amis, mes loisirs, mes plaisirs, jusqu'à mes propres rêves, étaient ceux d'un autre. Chet avait accompli le miracle de se perpétuer, de reprendre le cours de son existence parmi les siens, dans son univers, de concrétiser ce qu'il avait laissé en plan et de se concocter un futur. C'était le pacte, ce foutu pacte que je n'avais pas lu et au bas duquel j'avais apposé ma signature. Un pacte qui me garantissait tous les privilèges acquis par Chet, tout ce à quoi je n'aurais même pas imaginé prétendre, en contrepartie de quoi je m'engageais, tout simplement et de mon plein gré, à me vider de ma propre substance, jusqu'à l'oublier.

« Le pacte a fonctionné pendant sept ans et peut-être aurait-il tenu une vie entière si Kathleen ne m'avait fait part un jour de son désir de concrétiser l'amour qui nous liait par la conception d'un enfant. Encore une idée que je n'avais pas eue, encore un rêve qui n'appartenait pas à la galaxie de mes rêves. Et ce rêve qui ne m'appartenait pas était si grand, si beau qu'il me semblait, subitement, avoir toujours été en moi, n'avoir attendu que cet instant pour se révéler en pleine lumière, à la lumière des grands yeux bleus de Kathleen, Kathleen transcendée par ce projet merveilleux, conçu tant d'années plus tôt et tout près de se réaliser. Un projet qu'elle nourrissait depuis... Oh, presque depuis le début de son histoire avec Chet. Leur histoire ! »

Le temps d'allumer une cigarette, d'en savourer pleinement la première bouffée, Jimmy reprenait :

« Elle n'a pas bronché, pas versé une larme, rien, quand je me suis dévêtu de la peau de Chet et que je la lui ai rendue. Une peau sans accroc, propre et lisse, sans faux plis, dont j'avais pris soin pendant sept ans et qui, tout à coup, n'était plus à ma taille, trop petite ou trop grande, je ne sais pas, mais qui ne m'allait plus. Tristes, oui, nous l'étions tous les deux, comme deux acteurs qui ont joué ensemble, longtemps, le rôle d'un couple uni et qui ont fini, à la longue, par se prendre au jeu.

« Elle se tenait sur le pas de la porte quand j'ai repris ma vie, et sûrement qu'elle est restée là à me regarder m'éloigner, à attendre que je me retourne. Moi, je n'ai emporté que son parfum, ces bâtons d'encens au patchouli qu'elle essaimait partout dans la maison, de la cuisine à la chambre, toujours fumants, imprégnant les murs, les livres, les vêtements et jusqu'à ses cheveux. »

À présent, je décelais du soulagement dans la voix de Jimmy, comme s'il s'était débarrassé d'une lourde chaîne et du boulet qui traînait derrière.

«J'ai quitté San Francisco en reprenant ce que je croyais être ma vie. Et j'ai cru, en arrivant ici, dans cette maison, que je l'avais retrouvée, que j'avais renoué, enfin, avec mon passé, comme si rien ne s'était produit entretemps, comme si rien n'avait bougé. Je revenais chez moi, et tout rentrait dans l'ordre. J'y ai cru, j'ai voulu y croire. Mes parents n'étaient plus là ? Soit. La maison ou, pour le moins ce qui en restait, n'avait pas disparu. La population m'était hostile ? Bon. De toute manière, nous avions toujours vécu un peu à l'écart. Plus tard, je me disais, avec le temps, les choses reprendraient leur cours, rien ne pressait. Je me suis persuadé qu'une fois tout remis en état, mon malaise se dissiperait, que le fil de mon existence se retendrait de lui-même.»

L'instant que je redoutais était arrivé et je me surprenais à l'accueillir comme la conclusion logique d'une histoire dont on connaît la fin.

«J'y croyais, Billy. Je n'avais simplement pas encore admis que cette vie-là aussi était une illusion. Si je trouve la force de repartir, je pourrais, qui sait, donner un sens à tout ça, recommencer, ailleurs, autrement, quelque chose qui vaille la peine.»

Épilogue

Oncle Homer s'était volatilisé, évaporé bien avant l'aube. Avait-il eu peur d'être soupçonné ? Ou, tout simplement, ce vieux rapiat de Slim Gardner lui avait-il disputé jusqu'au repas qu'il lui garantissait pour tout salaire, jusqu'à la paillasse dans un coin de son garage ? Beaucoup s'interrogèrent, mais comme il n'était pas question d'aller demander au vieux Gardner s'il était responsable de son départ, bon nombre en conclurent que s'il avait disparu sans crier gare au beau milieu de la nuit, eh bien, c'est qu'il avait quelque chose à se reprocher.

Personne, cependant, ne l'accusa formellement. Pas même mon père.

« Homer a plié bagage cette nuit ! » s'était-il contenté de dire, à midi, au milieu du repas.

Ma mère avait interrompu l'aller et retour de la lame de son couteau entre l'os et la viande de sa côtelette de porc grillée, le temps de jeter un bref coup d'œil vers son mari, le temps de penser : « Ainsi donc, c'est lui ! C'est bien lui ! »

Et Kittie, en me regardant, à demi triomphante, le pensait aussi. Comme tout le monde.

Personne ne le disait parce que le dire c'était le condamner, et le condamner c'était reconnaître que chacun savait ou se doutait qu'il allait le faire et que nul, pour autant, n'avait tenté de l'en dissuader. Le condamner, c'était avouer une forme de complicité, une part de responsabilité. Et puis il faudrait confirmer ses soupçons devant les autorités, et le Chef Butler mènerait son enquête, et Homer serait arrêté, et il faudrait encore témoigner devant un juge, et être confronté au bonhomme qui jurerait de son innocence, les insulterait, les accuserait à son tour, et ça traînerait en longueur et personne, vraiment personne, ne pouvait prévoir les conséquences de tout ce cirque dans le quotidien paisible de Stanford.

Alors on ne disait rien. Ce silence, c'était le prix de la tranquillité, le prix à payer pour être enfin, à jamais, débarrassés d'Oncle Homer.

Josh Carter, le protégé du pasteur Clark, *les yeux et les oreilles de Stanford,* lui non plus ne disait rien. Lui qui pourtant savait, qui avait tout vu, du début à la fin, qui était resté sur le chemin, sans bouger, les mains dans le dos, avec ses grands yeux d'enfant éblouis, son sourire de benêt aux lèvres, à regarder, du début à la fin, sans bouger, la ferme brûler.

Qui sait à quoi il pensait en voyant le feu prendre, de simples flammèches au début, jaillies d'amas de pailles sèches disséminées le long de la façade, léchant comme des chiens fiévreux les plaques de bardeaux fraîchement réajustées, des chiens affamés, dévorant bientôt la peau dure et cependant si vulnérable de la maison.

À quoi pensait-il Josh Carter, en regardant débouler par la porte grande ouverte les épais rouleaux de fumée jaune, comme si la maison dégueulait ses tripes, répandait sous le ciel gris le contenu désormais inutile de son ventre mort? Et quand le toit, pris de dehors et de dedans, d'un coup s'était embrasé, tirant vers le ciel obstiné à ne pas lâcher une goutte avant que tout soit fini d'énormes langues de feu, quand la bâtisse, tel un dragon à l'agonie, furieux et désespéré, se dévorant lui-même, ne fut plus qu'une gigantesque flamme, pensait-il, Josh Carter, aux deux ombres lasses qui avaient erré, vaines, autour de la maison d'où leur fils était parti pour ne plus revenir?

Lui était resté là, sur ce bout de chemin d'où il m'avait vu, revenant du Mississippi, serrant entre mes doigts le petit cahier d'écolier que Jimmy avait laissé pour moi sur la table de la cuisine. Ce bout de chemin où je le dépassais, deux heures plus tard, sans un regard vers l'amas de cendres brûlantes qu'il contemplait encore avec béatitude.

Ces images que j'avais reléguées dans un repli de ma mémoire et qui, depuis bientôt vingt-cinq ans, n'en avaient pas bougé me hantaient sans relâche, ce matin-là, dans l'avion qui entamait sa descente sur Boston.

La température au sol était de deux degrés, un vent de nord-ouest balayait les terres à une vitesse de trente miles à l'heure, charriant des flocons de neige gros comme des fleurs de coton.

Des flocons énormes mais trop rares encore, à en croire notre hôtesse, pour gêner l'appareil dans sa manœuvre d'approche. Pourtant d'ici une heure à peine, plus le moindre coucou ne serait autorisé à emprunter la piste du Logan International Airport. Ce qui faisait de nous autres, avait-elle ajouté avec un petit rire espiègle qui n'était pas sans me rappeler celui de Connie Parker, de sacrés petits veinards.

Dans le fond, que l'avion se pose ici ou ailleurs m'importait peu tant le trouble qui m'avait saisi dès la réception de la lettre, le matin même, à mon hôtel de Philadelphie, me tenaillait corps et âme. Une lettre que j'avais lue dix fois depuis et que j'avais gardée entre mes mains tout au long du vol, comme si le simple toucher de cette enveloppe surchargée d'adresses successivement barrées, où seule la ligne portant mon nom gardait l'empreinte d'origine, me permettait de rester en communication avec son émissaire.

Partie de San Francisco le 14 octobre 2007 à destination de la seule adresse dont disposait son expéditeur pour tenter de me joindre, elle parvenait à Stanford le 18. L'adresse, biffée par une main anonyme, était certes la bonne. Le patronyme également, à ceci près que la famille qui occupait désormais les lieux n'était plus tout à fait la même.

Depuis le décès de mon père, victime, en juin 1995, d'un accident cérébral, et le départ, courant juillet, de ma mère pour Saint Louis où Kittie s'était proposée de l'héberger, la maison et la ferme étaient devenues propriétés de mon cousin Humph. Vivement réaménagées, celles-ci avaient constitué les tout premiers éléments du fameux complexe commercial qu'il développerait par la suite.

Le Brentwood auquel échut la lettre, quel qu'il soit, cousin Humph lui-même, oncle Carl ou la belle Patsy, ne sachant où m'atteindre, la transmit à ma sœur, Kittie. Reçue et réexpédiée le même jour, celle-ci parvenait à l'université de Minneapolis où j'enseignais, avant la fin de la semaine.

Le vaguemestre de l'université ayant appris que je me trouvais quelque part dans le Maine, en compagnie de mon épouse et de mes deux filles, suite à quoi j'entreprendrais pour une durée de huit semaines une tournée de conférences destinée à promouvoir mon nouveau livre, avait alors expédié, séance tenante, le courrier à mon domicile. Que je venais de quitter pour Seattle, première étape de ma pérégrination à travers les États-Unis et la plus chère à mon cœur puisque je savais y retrouver Teddie, établie dans cette ville depuis cinq ans aux côtés de son compagnon et de leur jeune fils.

Diane, mon épouse, sensible à l'émotion de cette missive aussi entêtée que mystérieuse, m'appelait dans l'heure à Seattle pour m'informer de son existence. Je l'enjoignis de me l'adresser à Philadelphie où je devais m'envoler en fin d'après-midi. Intrigué par l'origine de cette lettre, je m'en ouvris à Teddie qui, avec une pétillante malice, insinua qu'il devait s'agir d'Oncle Homer, dont nul n'avait plus entendu parler depuis son départ furtif de Stanford.

Pris en charge, dès mon arrivée à Philadelphie, par l'émissaire de mon éditeur avec lequel je passais la soirée dans un restaurant proche de mon hôtel jusqu'à minuit passé, je n'eus guère l'occasion de songer à mon affaire.

Mais le matin venu, au tomber du lit, le souvenir de la lettre m'assaillit brutalement. En toute logique, elle devait déjà se trouver à la réception de l'hôtel. Je m'y précipitai. Si je parvins à m'enquérir d'une voix à peu près sereine d'un éventuel courrier à mon nom, ce fut en tressaillant que je m'emparai de la grande enveloppe blanche ornée de la belle écriture de Diane que me tendit la jeune employée. Et ce fut en tremblant, dans l'intimité du salon où je m'étais isolé, que j'en extrayais une petite feuille de carnet, pliée en deux.

Mes doigts me brûlaient, je le jure, tandis que je dépliais la feuille et lisais le court message rédigé d'une écriture malhabile.

Billy,
Je ne sais si ce mot te parviendra, ni même si je te reverrai un jour, mais j'avais besoin, ce soir, de te dire combien, chaque jour de toutes ces longues années qui nous séparent, j'ai pensé à toi, à ce que tu faisais, à ce que tu devenais, certain que, quoi qu'il t'arrive, ce ne pouvait être que du bien.
Lorsqu'on l'ignore, le Mal passe son chemin !
Ton ami de toujours.

Jimmy

Quelques lignes auxquelles s'ajoutaient trois mots qui m'étreignirent le cœur comme des mains de glace :

Crosby Hospital
San Francisco

Je décidai de sauter dans le premier avion à destination de la Californie avant de me raviser, un peu en raison des obligations qui me retenaient ici, mais plus sûrement à cause de l'angoisse qui me saisit à l'idée de ce qui pouvait m'attendre là-bas. Il n'en demeurait pas moins que je devais savoir.

Le docteur Stephens, responsable du service d'oncologie au Crosby Hospital, avec lequel je fus mis en communication quelques instants plus tard, me confirma ce que j'avais pressenti.

Admis en urgence dans son service huit semaines auparavant, Jim avait quitté ce monde le 16 octobre au matin, moins de deux jours après m'avoir adressé un ultime message.

Des proches l'avaient entouré jusque dans ses derniers instants, s'étaient chargés de ses obsèques et l'avaient accompagné vers sa demeure d'éternité.

Ainsi, Jimmy n'avait pas achevé son périple seul. Cela me suffisait. Je ne cherchai pas à en savoir davantage.

Vingt-cinq ans plus tôt, au terme de son escale à Stanford, Jimmy s'était efforcé de me faire croire qu'il appartenait à nouveau à la race des insubmersibles, que l'homme peut guérir de ses blessures, colmater les brèches de son âme et repartir à l'assaut de la vie avec la même vaillance.

J'avais treize ans et j'étais naïf, mais j'avais compris que l'ombre décelée dans son regard à l'issue de nos derniers instants communs trahissait autre chose que le simple chagrin des départs.

Jimmy, peut-être pour ne pas me laisser désespérer de lui, tenait à ce que je conserve l'image d'un géant reconstruit. Alors, vingt-cinq années durant, j'avais fait comme si c'était plausible, comme si je ne savais pas, en incendiant la ferme des Lamar, que je ne visais jamais qu'à interdire définitivement la plus humiliante des retraites à mon ami désenchanté.

Je lui devais bien ça. Et je ne regrettais rien.

Au catalogue, dans la collection « Littérature »

Milena Agus, *Mal de pierres*
Milena Agus, *Battement d'ailes*
Milena Agus, *Quand le requin dort*
Simonetta Agnello Hornby, *L'Amandière*
Simonetta Agnello Hornby, *La Tante marquise*
Eliseo Alberto, *Caracol Beach*
Bruno Arpaia, *Dernière Frontière*
Bruno Arpaia, *Du temps perdu*
Reda Bekhechi, *Les Heures de braise*
David Bergelson, *Une Tragédie provinciale*
Suzanne Berne, *Une vie parfaite*
Jordi Bonells, *La Deuxième Disparition de Majorana*
Jordi Bonells, *Dieu n'est pas sur la photo*
Jacques Bonnet, *À l'enseigne de l'amitié*
Giacomo Cacciatore, *Parle plus bas*
Bo Caldwell, *L'Homme de Shanghai*
Domenico Campana, *A l'abri du sirocco*
Alfio Caruso, *Willy melodia*
Louis Carzou, *La Huitième Colline*
Kate Chopin, *L'Éveil*
Ronaldo Correia de Brito, *Le Don du mensonge*
Linda D. Cirino, *La Coquetière*
Linda D. Cirino, *La Kamikaze*
Philippe Delepierre, *Fred Hamster et Madame Lilas*
Philippe Delepierre, *Crissement sur le tableau noir*
Philippe Delepierre, *Les Gadoues*
Philippe Delepierre, Bruno Vouters, *Le Cabaret des oubliés*
Isabelle Eberhardt, *Yasmina*
Fadia Faqir, *Mon nom est Salma*

Catalin Dorian Florescu, *Le Masseur aveugle*
Ernest J. Gaines, *Autobiographie de Miss Jane Pittman*
Ernest J. Gaines, *Colère en Louisiane*
Ernest J. Gaines, *D'amour et de poussière*
Ernest J. Gaines, *Dites-leur que je suis un homme*
Ernest J. Gaines, *Mozart est un joueur de blues*
Ernest J. Gaines, *Par la petite porte*
Ernest J. Gaines, *Une longue journée de novembre*
François Garcia, *Jours de marché*
Fabrizio Gatti, *Bilal sur la route des clandestins*
Dan Gearino, *J'ai tout entendu*
Dan Gearino, *De toutes pièces*
Lesley Glaister, *Fastoche*
Lesley Glaister, *Blue*
Michel Goujon, *La Madrague*
Alexandre Gouzou, *J'aurais voulu que tout soit autrement*
Seth Greenland, *Mister Bones*
Seth Greenland, *Un patron modèle*
Raúl Guerra Garrido, *Doux objet d'amour*
Raúl Guerra Garrido, *Tant d'innocents*
Eddy L. Harris, *Jupiter et moi*
Eddy L. Harris, *Paris en noir et black*
Bertina Henrichs, *La Joueuse d'échecs*
Barbara Honigmann, *Un amour fait de rien*
Barbara Honigmann, *Très affectueusement*
Norma Huidobro, *Le Lieu perdu*
Henry James, *L'Américain*
Henry James, *La Mort du lion*
Henry James, *Portrait de femme*
Henry James, *Washington Square*
Alter Kacyzne, *Contes d'hiver et d'autres saisons*
Inaam Kachachi, *Si je t'oublie, Bagdad*

Kim Thúy, *ru*
Andreï Kourkov, *Le Pingouin*
Andreï Kourkov, *Le Caméléon*
Andreï Kourkov, *L'Ami du défunt*
Andreï Kourkov, *Les pingouins n'ont jamais froid*
Andreï Kourkov, *Le Dernier Amour du président*
Andreï Kourkov, *Laitier de nuit*
Patrice Lelorain, *Adieux*
Primo Levi, *Le Fabricant de miroirs*
Primo Levi, *Lilith*
Iain Levison, *Un petit boulot*
Iain Levison, *Une canaille et demie*
Iain Levison, *Tribulations d'un précaire*
Iain Levison, *Trois hommes, deux chiens et une langouste*
Andrej Longo, *Adelante*
Rosetta Loy, *La Bicyclette*
Victor Lodato, *Mathilda Savitch*
Milena Magnani, *Le Cirque chaviré*
Edna Mazya, *Radioscopie d'un adultère*
Antony Moore, *Swap*
Soma Morgenstern, *Fuite et fin de Joseph Roth*
Soma Morgenstern, *Le Fils du fils prodigue*
Soma Morgenstern, *Idylle en exil*
Soma Morgenstern, *Le Testament du fils prodigue*
Soma Morgenstern, *Errance en France*
Walter Mosley, *Lucky Boy*
Robert Neumann, *Les Enfants de Vienne*
Virginie Ollagnier, *Toutes ces vies qu'on abandonne*
Virginie Ollagnier, *L'Incertain*
Itzhak Orpaz, *Fourmis*
Itzhak Orpaz, *La Mort de Lysanda*
Itzhak Orpaz, *La Rue Tomojenna*

Itzhak Orpaz, *Une marche étroite*
Markus Orths, *Femme de chambre*
Markus Orths, *Second roman*
P. M. Pasinetti, *Demain tout à coup*
P. M. Pasinetti, *De Venise à Venise*
P. M. Pasinetti, *Partition vénitienne*
P. M. Pasinetti, *Petites Vénitiennes compliquées*
Alessandro Piperno, *Avec les pires intentions*
Qiu Xiaolong, *Cité de la Poussière Rouge*
Paolo Repetti, *Journal d'un hypocondriaque*
Hernán Ronsino, *Dernier train pour Buenos Aires*
Yoïne Rosenfeld, *Ce sont des choses qui arrivent*
Lore Segal, *Du thé pour Lorry*
Lore Segal, *Son premier Américain*
Jim Shepard, *Project X*
Zalman Shnéour, *Oncle Uri et les siens*
Sholem Aleikhem, *Contes ferroviaires*
Sholem Aleikhem, *La peste soit de l'Amérique*
Israël Joshua Singer, *Argile*
Andrzej Szczypiorski, *Nuit, jour et nuit*
Andrzej Szczypiorski, *Autoportrait avec femme*
Andrzej Szczypiorski, *Jeu avec le feu*
Oser Warszawski, *On ne peut pas se plaindre*
Teddy Wayne, *Kapitoil*
Alison Wong, *Les Amants papillons*
Aaron Zeitlin, *Terre brûlante*

CET OUVRAGE A ÉTÉ ACHEVÉ D'IMPRIMER
SUR ROTO-PAGE
PAR L'IMPRIMERIE FLOCH À MAYENNE
EN JUIN 2010

N° d'édition : 403. N° d'impression : 76886.
Dépôt légal : août 2010.
(Imprimé en France)